湖光塔影

西门华表

燕园之春

燕园的小动物

燕园之秋

雪落燕园

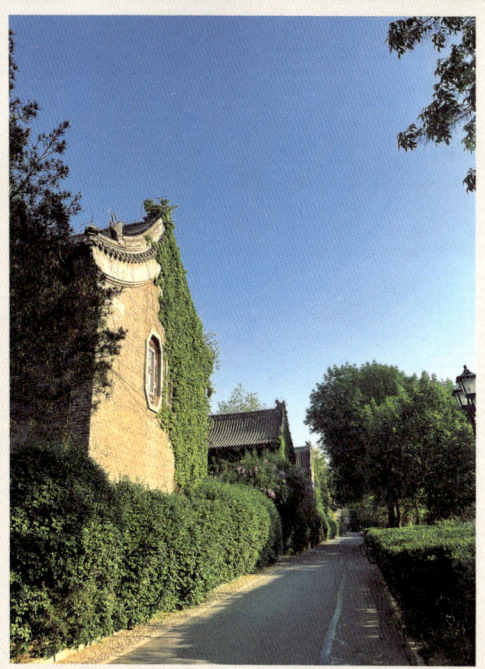

静园与燕南园

北大图书馆

未名微澜

杨莉 著

北京联合出版公司
Beijing United Publishing Co.,Ltd.

图书在版编目（CIP）数据

未名微澜 / 杨莉著 . -- 北京：北京联合出版公司，2023.11
　　ISBN 978-7-5596-7244-5

　　Ⅰ.①未… Ⅱ.①杨… Ⅲ.①散文集－中国－当代 Ⅳ.① I267

中国国家版本馆 CIP 数据核字 (2023) 第 192204 号

未名微澜

作　　者：杨　莉
出 品 人：赵红仕
责任编辑：邓　晨
封面设计：吴黛君

北京联合出版公司出版
（北京市西城区德外大街83号楼9层 100088）
北京新华先锋出版科技有限公司发行
大厂回族自治县德诚印务有限公司印刷　新华书店经销
字数80千字　787毫米×1092毫米　1/32　6印张
2023年11月第1版　2023年11月第1次印刷
ISBN 978-7-5596-7244-5
定价：49.80元

版权所有，侵权必究
未经书面许可，不得以任何方式转载、复制、翻印本书部分或全部内容。
本书若有质量问题，请与本社图书销售中心联系调换。电话：（010）88876681-8026

目 录

第一章 抛开迷茫,自我成长

不同的起点 _002

感知亲情 _009

学习说话 _016

处世之道 _022

再见为了再见 _028

学会放下 _034

学会自渡 _041

真正的成长 _046

第二章 生活琐碎,不慌不忙

缺爱型人格 _052

讨好型人格 _058

自我感动式付出 _064

做个有主见的人 _071

悄悄努力 _075

专注自我 _082

学会舍得 _085

拥有翻篇的能力 _090

第三章 照亮别人,传递余光

第一份友谊 _098
初次心动 _104
遇见对的人 _111
分享欲 _118
陪伴感 _123
分寸感 _128
减少期待 _133
尊重不同 _135

第四章 世界纷忙，活得漂亮

世间的第一眼 _138

童年的旋律 _144

命运无须比较 _150

活在当下 _153

活出自我 _159

请慢慢来 _163

时间，让一切释然 _168

未来，拥有无限可能 _172

后记

第一章 抛开迷茫，自我成长

不同的起点

我们每个人的人生起点都是不同的,但又都有相同之处。从父母的相识相知到相爱相守,从二人走入婚姻到共同孕育新的生命。正是因为我们都拥有父母的爱,才得以茁壮成长。

降生后的第一声啼哭,是我们向这个世间打招呼的方式。也许那时,我们的身边围绕着很多人,他们穿着各式各样的衣服,嘴巴一张一合,说着我们不懂的话语。他们用着普通话或方言,介绍着他们与我们的关系。他们是最爱我们、最欢迎我们、最期盼我们到来的有着血缘关系的亲人。一旁的父亲和母亲皆眼含热泪，因为此刻，他们被赋予了新的身份。

母亲躺在产床上，始终不敢相信自己竟是如此伟大，竟会孕育出如此可爱的我们。父亲对母亲怀胎十月的辛苦备感心疼，看着怀中的孩子，他用手轻轻擦拭着爱人的眼泪，贴在耳边轻声说着"我爱你"。

每天都会有很多人来看望我们，带着鲜花、果篮和各式各样的礼物。我们听着悦耳的摇篮曲，感受着亲人温暖的怀抱，摇摇晃晃地睡在其中，享受着所有人给予的爱。我们会哭、会闹、会笑，也会吵着不愿入睡，我们可以想怎样就怎样，新生儿的生活最是无忧无虑。

在医院的日子一晃便过去了，我们被父母接到家里。我们的家也许是独户独院，门口拴着一条狗，见到我们时会摇摇尾巴，欢迎着我们回家。院里栽种着花草树木，门口的绳子上挂着晾晒的衣物。客厅中央摆有一张方桌，桌旁放着四把长椅，这便是一家人用餐的地方。屋内摆放着家具,不多不少,简单却充实。我们的床就在父母的双人床边,原本用来放置化妆品的桌子上,现今全部是育儿书籍和我们的生活用品。我们会在家中见到很多人,他们穿着朴素,满脸笑容,皆是我们的邻居。年长的人会给新手父母传授过来人的经验,年轻的人则帮忙做些力所能及的事情。小朋友们叽叽喳喳地说着,他们正想着长大后要如何保护我们。

也许我们是住在楼房里,屋内陈设着电视和布艺折叠沙发,茶几上放着烧水壶,果篮里的苹果有些干瘪,阳台上摆放着几盆花草,有些凌乱。我们睡在软乎乎的婴儿床上,好似在细致地观察着周围。母亲白天照顾着我们,下班到家的父亲便会在晚间接替母亲。他们经常一起做饭,家里总是充满着欢声笑语,其乐融融。

也许我们的家是郊外的三层别墅,家里除了亲人,也会看到其他许多面孔。每天都有专门的人照顾我们，而我们和父母只能偶尔见上几次面。我们每天都会收到很多礼物和祝福。那些穿着奢华的大人夸赞着我们的长相，比画着我们的未来。

也许我们的家中充满了泥土的清香，有古老的砖墙和沉重的木门。猪在圈里叫唤着，鸡、鸭、鹅在院中闲适地溜达着。果树上挂着熟透了的果实，给砖瓦房增添了不少鲜活气。婴儿床是爷爷亲手制作的，枕头和被子是奶奶用新收的棉花缝制的。我们躺在里面，便能够闻到阳光与木屑的味道，这一方天地虽朴实无华，却处处充满了家的气息。四口人围绕着我们，忘记了吃饭。

无论我们去了哪个家，我们都会在那里开启属于我们自己的人生。

取名乃人生大事。我们的名字或许是由父母抓阄抉择的，或许是按照祖谱的名字格式取其中一个字的，或许是最终由家里最年长的人决定的。家里若是有教书的文化人，在我们未出生时或许便早就取好了名字，因此无须过多纠结。不论取什么名字，都有着美好的寓意：前程似锦、博才多学、大展宏图、知书达理、平安顺遂、万事如意……每个名字都带着家人对我们的期许和希望。

父母会日夜照顾着我们，也会时刻关注着我们的举动。他们会教我们学习说话。我们说的第一句话也许是"妈妈"，也许是"爸爸"，也可能是"爷爷"或"奶奶"，还有可能是只见过一两面的亲戚。假如我们开口喊着动画片里某个角色的名字，这将会成为一个时常被家人提起来的开心事。

说话和走路是我们人生成长的起步。说话是一件要学一辈子的事情，走路则更不简单。父母担心我们磕到碰到，始终不愿意松手。他们在家里铺上细软的毯子，那些桌子、椅子的四角也一并用布包了起来。父母拉着我们的手，不厌其烦地陪着我们一步一步地重复着。经过不懈的努力，我们偶尔可以踉踉跄跄走出几步了。

作为初学者的我们,摔跤是常有的事。我们摔倒在地后的第一反应便是号啕大哭起来。父母于心不忍,于是赶忙跑来哄着我们、疼爱着我们。我们会恐惧,会没有勇气,会站在原地不敢迈步。当我们面对父母期许的目光和他们张开的双臂时,便又充满了信心和力量。

父母原本有自己的生活和工作,也有他们想要去做的事情。因为我们的到来,他们每日的生活只剩下了家和单位,不再拥有独立的空间。他们围绕着我们,陪伴着我们。为了让我们过上更好的生活,他们每天都在努力奋斗着。没有抱怨,没有后悔,没有消极,有的都是父母对于我们成长变化的欣喜。

不一样的起点,造就不一样的人生,点燃不一样的烟花。我们每个人都无法选择自己的出身,也无法指定谁来做我们的父母。看似不同的出生起点,我们得到的、拥有的、经历的以及我们走过的，本质上都是一样的。

感知亲情

人的七情六欲是天生自带的。有人情淡,有人情浓。而这些本就存在的情欲,都需要经过后天的人、事、物的开发,我们才得以深刻理解它们存在的意义。

亲情是我们最先体会到的感情,没有之一。它定然是第一位,也是于我们而言最重要的感情。我们对母亲拥有着与生俱来的无条件的信任。母亲就像一名园丁,当她们得到一颗种子,便开始不辞辛劳地孕育生命。母亲怀胎十月,需要独自一人面对未知的恐惧,历尽辛苦才能生下我们。对母亲而言,这是人生转变的决定性一步。她们需要哺育我们，甚至睡不了一个完整的觉，吃不好一顿完整的饭。幼儿时的我们，关于这些的记忆已不复存在了，可是我们每个人都能用心感受到。不论年少或是年迈，我们对母亲的爱永远是最深刻的、最长情的。无论日后我们成为一个怎样的人，我们始终知道这种无私、这种以我们为首位的爱，除了母亲，再没有人能给予。

母亲会让我们第一口品尝昂贵的水果，商场里价格极高的奶粉和婴儿用品也会毫不犹豫地买回家。她明明是个去菜市场买菜都要还价的人；她明明是个连护肤品都要到处比价的人；她明明是个喜欢了一件衣服很久，而那件衣服只是奶粉价格的十分之一，却还是不舍得买的人。无论母亲的日子过得多么拮据，对自己多么吝啬，她都会把最好的东西给我们。

漂亮的公主裙、不菲的运动鞋，别家小朋友拥有的东西，母亲也会在某天悄悄买来给我们。哪怕这些都不是必备品，哪怕路边小店里的裙子更便宜，鞋子的样式更多。也许我们并没有那么想要这些东西,只是随口一说。但是,当她看到我们眼里绽放的光芒和溢出来的渴望时,还是默默记下了。母亲没有说出买还是不买,也没有发表任何意见,她只是默默地记着,然后以漫不经心的方式送给我们,只为看到我们收到礼物时,抱着她亲在脸庞上的那一吻。我们笑,她比我们还开心;我们哭,她比我们还难过。这份爱,这份情,无论去到哪里、走到何处,无论花多少金钱、用何种手段,这种与生俱来的爱,我们都难以在第二个人身上获得。这样的爱是无价的,是不计回报的。因为她是给予我们生命的人——我们挚爱一生的母亲。

"天上的星星不说话,地上的娃娃想妈妈,天上的眼睛眨呀眨,妈妈的心呀鲁冰花。"鲁冰花一般在母亲节前后绽放,因此被形象地称为"母亲花"。这首歌就是一首母爱的赞歌。

家里的灯泡是他换的，大米是他从一楼扛到六楼的，那些坏了的和不好用的家具是他三下五除二修理好的，我们手里的玩具也是他伴着台灯做的。父亲像一个默默无闻的魔法师，给了我们最沉默、最深沉的爱。

我们摔倒时，他不会立刻奔向我们，将我们拥入怀中，轻声安慰加以鼓励。他会站在原地对我们张开双臂，告诉我们要坚强，要学会自己站起来，谁都是这样长大的，摔倒并不是一件丢人的事情。我们不会穿衣服的时候，他不会反复耐心指导，更不会骄纵我们，他会用强硬的口气在一旁指挥，教会我们有些事是迟早要学会的。我们对饭菜挑三拣四、不满意的时候，他不会重新给我们做一份，而是会告诉我们在这世界上还有很多吃不上饭的人，教会我们要懂得珍惜和感恩，而不是任性地索取。

虽然他对我们格外严厉，可在我们受委屈或是被外人欺负的时候，他永远是第一个站出来的人，像一座大山,像一把伞,像冬天里的羽绒服,给我们撑腰、挡雨,给予我们温暖。在成长的道路上,我们都会遇到别人家的孩子,好的或者坏的。遇到好孩子,他就会告诉我们要向对方学习,成为比他优秀的人。遇到坏孩子,他就会告诉我们不要成为那样的人,但也不要用有色眼镜去看待对方,每个人有缺点亦有优点,不能只因一件事情就全盘否定别人。他用最严厉的口气说着对我们最有用的道理,他最希望我们成为更好的人,也最希望我们只做自己。

面对别人的指责,他绝对会不分青红皂白地站在我们这边,哪怕错的人是我们,他依然会理直气壮地将我们护在身后,告诉我们别怕,有他在。解决完问题,回到家中他才会告诉我们这件事的对错,不应该这么做,无论出于什么原因打人都是不对的。小小年纪的自尊心被保护着,关于事情的对错也了解了,他总是在恰当的时候教会我们明辨是非以及一些必须要懂得的道理。

他不会经常对我们说"我爱你",也许从未说过。面对我们的撒娇也时常扭捏,更不会和我们说一些温言细语。在惹我们生气闹别扭的时候也不会低头认错,却会在我们人生失意、受到委屈、被人教训时,不管不顾冲到我们面前,替我们打抱不平,告诉我们家永远在身后,他可以养我们一辈子。哪怕天上下刀子,他也会用身体撑起一片安全区,将我们送到最安全的地方。哪怕面对的是枪林弹雨,他也不会害怕,因为我们在他的身后。无论遇到什么危险,他永远是站在我们前面的人,不畏惧不害怕,永远保护我们不受伤害。

他教会我们坚强、自立、自强、自信、宽容,也同样无条件陪伴激励着我们成长。含蓄的爱意就像和煦的春风,从年少吹到年迈,无论我们去往哪里,经历什么,都清楚地知道,我们的靠山和退路永远在那里。这份如大海般宽广深沉的爱、不求回报的爱,是独一无二的,是无可取代的。唯有父亲会给我们。

母爱与父爱是我们感受到的第一份情,是唯一永恒不变的。母爱像月亮,清辉四洒,抚慰人心。父爱像晨阳,光而不耀,温暖和煦。这份情,是一盏不灭的明灯,永久地照亮在我们生命的征途;是一叶不歇的扁舟,永久地停靠在我们生命的渡口;是一朵不谢的鲜花,永久地盛开在我们生命的花园。在我们的心中,父母的爱永远不会落幕。

学习说话

爸爸妈妈、爷爷奶奶、姥姥姥爷、电视里某个角色的名字、别人口中经常说的话……这些也许都会成为我们开口说的第一句话。这第一句话或许不是完美的，伴随着吐字不清楚、发音不标准等诸多问题，无论如何，只要我们说了就一定会听到夸奖。毕竟开口说话是一件非常重要的事情。说话晚的孩子甚至会被家长带去医院检查，他们奔波于各大医院，生怕自己的孩子患了什么病。许多家长会特意把孩子开口说第一句话的时间记录下来，以后的岁月中，他们会时常提起，也会夸张地描述着全家人当时的欣喜。

一旦开口，就意味着我们将开始不间断地学习说话。父母会耐心地告诉我们眼前所看到的一切。他们会一遍又一遍地教会我们它们的发音，直至我们记住。他们也会让我们熟悉家中成员的称呼，谁是爷爷，谁是奶奶，谁是叔叔，谁是姑姑。从简单的话语到复杂的古诗，我们学习着、模仿着父母，跟着电视一起朗读。每次学会后，我们都会说给别人听，在得到夸奖的时候，我们会想要学习更多。说话的欲望是天生的，一旦学会说话，绝大多数孩童都会喜欢上它。

嘴里说着，脑中记着。我们通过说话去表达想要或者不想要、喜欢或者不喜欢。每个孩子都被问过最喜欢谁，但我们每次的回答都没有固定的答案。童言无忌，孩子的话也没有人会真的在意，更不会有人去深究。我们想到什么便说什么，说得越多长辈越高兴，我们收获的夸赞声也会更多。

儿时，随心所欲的表达是极其平常的一件事。我们有时或许会突然说出不知从哪里学到的一句不吉利的话，但并不会因此遭到责备。家长只会哄着我们，以温柔的口吻告诉我们这样的话不能说出口。他们并不会跟我们讲道理，只会告诉我们这句话寓意不好。我们或许会对家中长辈的外貌做出直言不讳的评价，无论我们说得多么直白、多么不友好，总是会得到他们的宽容。毕竟我们年纪尚小，我们可以不懂事，可以说话不算数，可以不顾及他人的感受，也可以不知道什么该说、什么不该说。因为我们是孩子，所以不论说什么，我们都会被宽容对待。

和伙伴打闹时，我们可能会因生气而随口说出一句难听的话。对方或许并没有反抗，只是蹲在树下暗自落泪。我们在此以前从不知道一句无心之失的话会给对方带来怎样的伤害，但是父母的责备、对方家长的管教、伙伴对你的不理不睬，都会让你逐渐意识到原来有些话是不能说的。如果说出口来，父母会不高兴，陌生的长辈会愤怒，每天一起玩耍的伙伴会不再和你亲近。你开始意识到一句无心之言会带来不好的结果，也开始思考为什么有些话是不能说的。以前不论你说了什么，都只会得到夸赞，因此你一向口无遮拦。当你经历了这样的事情，面对这样的改变，你会开始反思自己，会在说话前细细思量，变得小心谨慎。

我们既要学习说话，也要学习不说话。正如海明威所说："我们花了两年学会说话，却要花上六十年来学会闭嘴。大多数时候，我们说得越多，彼此的距离却越远，矛盾也越多。在沟通中，大多数人总是急于表达自己，一吐为快，却一点也不懂对方。两年学说话，一生学闭嘴。懂与不懂，不多说。心乱心静，慢慢说。若真没话，就别说。"

说话是一门学问，我们终其一生都需要不断地进行学习。不论处于什么样的社会地位，我们身边的人都会以他们的方式默默教会我们。我们学会了在不同的场合下说不同的话。说别人爱听的话总归不会出错，但是，不是所有的人都爱听虚伪的好话。

学会说话是每个人的必经之路,也是一条没有尽头的道路。有人天生爱说话,哄得家长整日笑脸盈盈;有人天生不擅言谈,一天之中说的字数屈指可数;有人吐字缓慢,徐徐道来,听者听罢倍觉此人稳重端庄……不同的人对待同一句话的表达方式都会有所不同。语气不同,听者的感受也是不一样的。表达方式的绝对性因素,不仅是我们的原生家庭,更是自己成长的环境以及在生活中所经历的一切。

说话是表达自我的开始,但我们常常能听到旁人对我们的言语随意评价。明明我们只是表达了自己的内心所想,明明我们只是没有随波逐流,与大众的看法产生了分歧。于是我们开始在说话前有所顾忌,甚至不愿再轻易表达。其实,说话正是我们打开人生大门的一把钥匙,有了这把钥匙,我们才可以清晰地表述自己的想法。我们学会这项技能,是否采用由我们决定,但是没有人能够限制我们发言。只要我们遵循社会规则,不违背道德,不伤害他人,那么就可以尽情使用我们说话的权利。

父母耐心教会我们说话,正是为了让我们可以表达我们的想法。我们每个人都可以勇敢地表达自己,表达我们的所见所闻、所想所悟。错则改之,对则勉之。

处世之道

到别人家做客的时候，空手而去是不合适的。帮忙要适可而止，否则对方会习惯你的这种举动，倘若有一天你不再帮忙，对方则会厌恶你。枪打出头鸟，做事不要抢着干，越出众越容易被针对。远离看不起你的人。不要什么话都说，适当减少倾诉欲，学会闭口不言。为人处世之道，老人常言，父母常说，我们也会从经历中悟到。

有的人刚结识了一些朋友，在对方稍微热情一点，稍微展露一丝善意的时候便开始掏心掏肺，无话不说。对方还未把你归进朋友的范畴内，你却已经开始将你的私事、家事一并告诉对方。当你说出这些的那一刻，你就已给了别人笑话你的机会。当我们表达痛苦烦心的对象不对时，我们的难过则会变成他人的笑料，甚至会对我们造成潜在性的麻烦和伤害。没有人能准确地知道谁才是对的人，不管是朋友或同事，少言便能减少烦扰。

人和人在交往的初始阶段不宜过于热情。对于刚认识的朋友、刚结识的同事，甚至是相识许久的挚友，说话做事都应有度。彼此之间应当互相尊重，拥有基本的礼貌，以真心换真心。任何关系都不应越界，也不应轻易对别人许诺。做不到的事情我们就不去答应，达不成的目标我们就不去夸下海口。失约一次，在他人的心中便失去一分肯定，久而久之换来的就是对方对我们的不信任。和任何人相处，都要谨言慎行。决定做任何事之前都要先思考好利弊、考虑过后果，再去抉择。信任是不能随意交出的，一旦信任他人就意味着我们要面临承担风险的可能，因此要格外慎重。

凡事必有因果。有人爱你，也许是因为你的社会地位，也许是因为你的家庭背景，也许是因为你的容颜姣好，也许只是因为你是你自己。而有的人恨你，也许是因为你抢夺了他的利益与地位，也许是因为你得到了他想得到的，也许只是因为你是你而已。无论是爱还是恨，我们最好不要让自己轻易地搅入其中。万事做到心里有数便好，你的任何言论都可能给你带来麻烦。天下没有免费的午餐，因此不要轻易占别人的便宜，哪怕一针一线。我们不该将他人的帮助或者给予认为是理所应当之事。即使你占了别人的便宜，终归也是要还回去的。因此，我们应当学会感恩，对于他人的赋予要予以回馈。

来而不往非礼也。当他人真诚地夸奖你时，应表示真心的感谢，更要懂得如何反夸。比如别人夸赞你今天穿的衣服很好看，你无须用同样的话回复对方，那样会显得略有敷衍。不妨夸赞她妆容或发型的别致之处。此举不仅回馈了他人的夸赞，也不会招来旁人的嫉妒，减少了不必要的麻烦。认可别人是一种快速和别人拉近关系的方法。就像肯定对方的喜好或崇拜的偶像，会让对方觉得你们是同一类人，可以快速走进对方的生活。没有人是不喜爱听赞美的话的，你大可以夸赞对方的长相、衣品和才能。大方且真诚地认可对方，在拉近关系的同时，你也会收获同样的肯定。如果长相代表了你对一个人的第一印象，那么表情则代表了第二印象。如果一个人爱笑，那么会让很多人觉得他是一个容易亲近的人，愿意主动与他来往。如果一个人总是皱眉，常常冷眼对人，那么不会有几个人愿意靠近他。第一印象很重要，因此我们要学会如何管理自己的表情。温和的人总是会更招人喜欢，人缘好的人办起事来也会更加方便。对他人面露微笑，你不仅会得到笑脸，而且会得到一个机会。也许是一个朋友，也许是一个合作，也许是一份情感。

任何情感，不管是亲情、爱情还是友情，我们都更愿意选择双向奔赴的。不是天下的父母都爱自己的子女，也不是所有的父母都会对子女好。有的父母除了将孩子带到这个世界，其余的一切皆不管不顾、充耳不闻、漠不关心。等孩子长大后，他们却要求孩子付出，要求他们买房买车，给钱给物。父母养育我们长大，我们肯定要照顾他们终老。但是面对无所作为的父母，我们也要劝解、开导自己。对等的友情值得继续下去，不对等的友谊应当及时止损。没有人的钱是大风刮来的，也没有人的感情是不需要回应的。我们不用对谁付出的多少而斤斤计较，但也不能因此就毫不在意。与人相恋时，双方都该是用真心换取真心。你给予对方礼物，也应得到相同的对待；你为对方做饭，也应获得同等的对待；你帮助对方解决某件事情，理应得到对方的感谢和帮助。任何感情只有双向才会长久，唯有双向才能更加美好。

《中庸》有言："能尽人之性，则能尽物之性；能尽物之性,则可以赞天地之化育;可以赞天地之化育,则可以与天地参矣。"处世要真诚,为人要聪明。在成长中学会处世之道,我们终会变成更优秀的人。

再见为了再见

聚散终有时,天下没有不散的筵席。即便是父母,我们与他们相处的时间也是有限的。当我们还是襁褓中的婴儿时,每时每刻都无法离开父母。我们第一次意识到分别,是上幼儿园,进入了一个全新的环境。我们早上和父母挥手道别,等待着放学与他们相见。即使万分不情愿,也不得不道别。短暂的离别会让我们对父母的做法产生不解。我们哭过、闹过,也试过很多办法与他们抗议。但父母耐心地哄着我们,安慰着我们。看着他们愁苦的面庞,我们只好妥协。幸好离别的时间还算短暂。

儿时的玩伴，是我们除亲人外最亲密的人。你们一起成长，无话不说。你们会在被窝里分享秘密，会畅想着有彼此的未来。你们一起上小学，一起考大学，一起去喜欢的城市工作，一起见证彼此结婚生子。计划很完美，但是现实往往很残酷。你们所畅想的，第一步很可能就无法实现。因为各种原因，你们不能在一个学校就读。换上校服，背上书包，你们开始了不一样的校园生活。校服不一样，上课时间不一样，作业也不相同。原本每天随时都可以见面的人，现下只能一周见上一面，距离一下变得遥远起来。此种含义的再见，让我们懂得了关系的可贵，也让我们明白思念与期待的意义。

朋友是最温暖的存在，你们会一起经历很多。从小一起长大的朋友，每一个人生阶段都有彼此的参与，生命中那些重要的事情、重大的改变也都有对方陪伴在身边。我们期待着，我们以为未来的每一天对方都会在我们身边,可往往事与愿违。生活里总是充斥着万千变化。或许是你有了更好的选择,打算去别的城市发展;或许是你事业刚刚起步,没有办法放下一切陪她去远方;或许是她谈了恋爱,准备去对方的城市,你没有选择继续跟随;或许是你选择出国深造,而她要留在国内照顾年迈的父母;又或许是她有自己的梦想,要去大城市寻找机会、付诸实践,而你喜欢安逸的生活,选择留在了小城镇……无数种可能、无数个理由让你们在人生的分岔路口迈向不同的道路。那些再见,我们不得不说出口。不论我们会不会送别对方,我们终究不会忘记彼此。虽然各自在不同的领域、不同的城市过着不一样的生活,但是彼此都会用电话、短信、书信,分享着日常。那些琐碎小事代表着我们对对方的思念,也是我们回忆过往的一种方式。彼此约定着以后一定要继续在一起,和以前一样,永远不分开。这种再见,是带着对于美好未来的向往的,虽然暂时分开,但是各自都在奋斗,只为在更加美好的未来再次聚首。

大多数人都经历过异地恋，两个人不能想见就见，更没办法在对方最需要的时候立刻出现。无力、愧疚、自责、心酸，总会充斥在彼此的爱恋中。下雨时你不会告诉对方今天没有带伞，因为你知道他也无能为力。生病时独自一人半夜去打点滴，你也不敢告诉对方，生怕他会自责到放弃一切，奔你而来。遇到委屈、不公的事情，你也只是避重就轻地抱怨几句。生气吵架时，哄几句便好了。重要的节日，你们只能赠送礼物，在电话里祝福对方，却得不到一个面对面的拥抱。虽然有很多不满足，虽然时常会后悔，甚至多次想结束这种状态，跨越万水千山的阻拦，不顾一切地和对方在一起，可是当彼此冷静下来时，畅想着未来甜蜜美满的日子，便又有了克服这些困难的勇气。当初那句再见，如果再重来一次，还是会说出口。倘若你希望未来几十年里都有对方，眼下的离别正是一个好的开始。爱情不是只有浪漫的鲜花，还有柴米油盐。再见是为了更好的相遇,是为了兑现那句天长地久、白头偕老,更是为了给彼此最美好的未来。

上班前,父母会互相道别,等到晚上他们又会在家中相见。放学时,同学会和老师们说再见,第二天又会见面。寒暑假结束时,孩子会和爷爷奶奶、姥姥姥爷告别,而下一个假期到来时仍然会相见。下班时,和共同奋斗的同事道别,定然也会得到同样带着微笑的话语。与恋人约完会,会和对方轻轻一吻,满眼爱意地说句再见,话语里满是不舍和期盼。每一句再见,背后的心情都不相同,表达的情感也不一样。

一句再见,包含爱意,句句再见,传递着不舍。"我不知道离别的滋味是这样凄凉,我不知道说声再见要这么坚强。"诚哉斯言。没有人愿意分别,可我们都是独立的个体,每个人都要过属于自己的人生,去做想做的事情,达成自己想要的目标。再见时常有，不妨把再见当作加油的动力，为下次更好的相见而努力。

再见是某一种约定。和好友约定节假日见面，和父母说好过年一定回家，和爱人相约假期去某地旅游，和老师约好某天去拜访。你的再见，一定也会得到一句再见，这是我们约定好再次相见。也许一年，也许十年，也许是数不清的四季，无论多久，我们都会守约。有人一直在远方等着你来赴约，哪怕那时的我们，身份、心情、样貌与现在大相径庭，可那又如何？

"你默默地转向一边，面向夜晚，夜的深处，是密密的灯盏。它们总在一起，我们总要再见。"漫漫人生路，各自奔赴，最终在顶峰相见。成为想成为的人，成为彼此坚不可摧的后盾，成为最耀眼的那颗星星。无论成为谁，去往哪里，你爱的人和爱你的人，终究会和你再相见。

学会放下

拿得起是能力，放得下是智慧。没有谁必须要存在于谁的未来里，不是所有事情都会有美好的结局。人来人往，缘起缘灭，世间没有一成不变的东西。留不住的东西和会离开的人，我们都要学会慢慢放下。唯有看淡，才能收获释然；唯有放下，才能收获自在。学会放下，是人生的必修课。

电影总是仁慈的。一生只等一人、一生只爱一人的戏码在现实中实属罕见。小说里的暗恋与破镜重圆一定会成真，相爱一定会拥有美好的结局，而这童话一般的故事在现实中发生的概率微乎其微。初恋就像冬日的暖阳，给人以无限的温暖。我们在懵懵懂懂中牵起对方的手，心里泛着糖果般的甜，我们会小心翼翼地呵护着这份感情。对待感情一窍不通的我们，开始学习如何喜欢一个人，笨拙地、热忱地给予对方自己所能给予的一切。那个人的出现让我们知道，原来心跳也可以有别样的节奏。落笔反复写下的名字是他，用心斟酌写下第一封情书的收件人也是他。所有的美好皆是他，像梅子酿的酒，香飘四溢，渗透在未来的每个日夜里，令人回味悠长。

开头总是美好的，我们都想拥有一个美好的结局，希望和对方有更远的未来。我们期待的不仅是甜蜜的恋爱，更是美满的婚姻。遇见他以后，我们每年的生日愿望里都有关于他，从未改变。但是，或许那些我们曾幻想过的阻碍与困难还未出现，便与他分道扬镳了。事发突然，彼此甚至连一句再见都未曾留下。初恋的味道或酸或甜、或苦或咸，经过时间的洗涤与沉淀，在我们的记忆中，便只剩下了甜。纵然结局遗憾，关于他的记忆也惊艳了我们整个青春。有人会彻底忘记，有人会偶尔想起，有人却永远放不下。有的人在遇见新的人时，会在不经意间与初恋对比，甚至会以初恋为择偶标准。其实初恋的好，有很多都是因为你为他添加了别样的光环。而那些至今留存在你脑海中的关于他的好，一部分是你亲自贴上的标签。

　　漫长人生里，初恋也许不是你最爱的，但一定是你最难忘的。你怀念的不只是那时的他，更是那时候的你自己。过去终究是过去，我们不能以他的好去否定其他人，每个人身上都有不同的闪光点。见过花开就已足矣，何必执着于花最后属于谁。时间不会停止，而初恋留下的印记终会在时间的长河中褪色。我们终归要学会向前走，不要把自己困在过去的岁月里。

　　爱一个人的时候我们会付出真心，认真对待这份感情；不爱的时候，也应学会大方地放手，死缠烂打只会让这份感情变得难堪。没有人必须要为你的想要负责。相爱时许下的诺言是真心的,而分离的决定也一定是经过深思熟虑的。即便二人再度相逢,也只能算是熟悉过彼此的陌生人。感情不是一个人的事情,或许你想要回到从前,再续前缘,可这种想法于对方而言是一种打扰,是你的一厢情愿。愿你与自己和解,与过去和解,与放不下的初恋和解。花会遇到陪伴它一生的骄阳,我们继续做回忆里最美好的春雨便好。

人和人一旦产生羁绊,就会发生很多故事。无论是好事还是坏事,总是会在每一段感情中交替发生。友谊是每个人不可或缺的一部分,有的人只拥有一位挚友,在心中将对方视作亲人。每天在一起,无话不说,知道对方所有的秘密。岁月漫长,你们二人携手向前,每一个重要的时刻,她都会在你身边,你也会陪她一起面对所有的风风雨雨,分享彼此的喜怒哀乐。你们吃一碗饭,穿一件衣服,睡在一张床上,甚至比亲人还要亲密。在你的心中，她一定是送你出嫁的伴娘，也会是你孩子的干妈，是你永远的避风港。除了死亡，没有什么事情可以将你们分开。

也许是因为喜欢上了同一个男生，也许是因为她有了新的朋友，也许是因为某种利益，也许是异地渐行渐远，你们之间或许产生了背叛、欺骗，甚至是触及底线的事情。因为种种原因，你关上了友谊的门。哪怕错的不是你，你也会反思，并产生过度的自责，使自己陷入某种悲伤中无法自拔。即使再不舍，也不得不分开。你难过得不能自已，于是不再社交，不再相信关于友情的任何一句美好的赞誉。你用他人的错误惩罚着自己，拒绝一切主动示好的人，哪怕再孤独也不敢接受他人的好意，害怕不好的事情再次发生。你把自己困在牢笼里，即使偶尔打开门，也不敢再交付真心。你总是与旁人保持着距离，竖起浑身的刺。即便对方未曾做过错事，只是想跟你做朋友。面对他人真诚的靠近，你也许会试着放下过往，渐渐走出阴霾。可你变得不再像你,你不敢再做自己,害怕以前的事情再次发生。不论是谁导致友情破碎,你都要清楚地知道,没有人会永远留在谁的身边。

学会放下,才能释然于心,让生活回归安宁,让内心归于平静。星云大师曾说:"我们执着什么,往往就会被什么所骗;我们执着谁,常常就会被谁所伤害。所以,我们要学会放下。凡事看淡一些,看开一些,看透一些,不牵挂,不计较,是是非非无所谓。无论失去什么,都不要失去好心情。"

人生就像是旅程上的列车,有人上车的同时自然就会有人下车。每个人想要去的地方各不相同,能够相伴一程已是幸事。我们总是会在不同的人生阶段遇到不同的人。无论感情曾经有多好,无论分开的理由是什么,在这段情感中,但求无愧于心。既然我们无法决定去留,那么便随遇而安吧。学会放下,脱离过往。向前看,向前走。总会有人陪你,你也总会走进不同的人的生活里。

　　散场是人生常态，我们要学会理性地去看待。想去往山峰的人无法和向往大海的人携手同行，想看樱花的人无法和喜欢山茶花的人坐上一列火车。人生的旅程一直向前，我们会遇到越来越多的人。你笑了，这个世界与你一起笑；你哭，却只能独自悲伤。因此，我们无须因个别人陷在某种过往里，这不值得，也没必要。放下过往，去过属于自己的人生。当我们拥有归零的心态、淡化的心态和华丽转身的心态时，我们人生的幸福指数就会随之攀升。

学会自渡

年少时，我们渴望有个人如黑夜中的明灯，期盼有个人能成为山雨降临时的那把伞。我们在历经风霜、穿越风雨后才明白，灯不会照亮每个黑夜，伞也不会在大雨滂沱时及时出现。

每个人每天或多或少都会遇到一些烦心的事情，当你选择与朋友抱怨时，说不定你的朋友也正处在烦躁中。此刻，说不定你朋友的情绪比你更糟糕，遇到的事情比你更严重。

无论是诉说者还是倾听者，多少都会被对方影响。

我们不能要求别人次次替我们排解情绪，承载不属于对方的坏情绪，他人并无这样的责任。没有人能永远替我们解决烦躁，抚慰我们的情绪。我们所经历的，别人也会经历。因此，在面对这样的情况时，我们该适当减少倾诉欲，不应总给他人添麻烦。不妨做些能让我们心情愉悦的事情，转换方法自渡。

有人一生坎坷度日，举步维艰；有人一生顺风顺水，生活美满。世上处处有不公，愤怒、嫉妒、不甘、憎恨，这些情绪并不能改变现有的生活。如果命运是一条孤独的河流，谁会是你的摆渡人？俗话说："人生皆苦，唯有自渡。"

当我们遇到不公平的事情时，要学会随遇而安。也许你是接受不公的人，也许你是旁观者。前者要学会放平心态，怨天尤人并不能解决问题，不妨付出加倍的努力。后者要吸取经验，冷静分析，并从中学会自渡，若以后遇到同样的问题，便可减少无用的负面情绪。

人生的道路,并不是时时刻刻都会有人与你同行,我们不能因为没人相伴,便不再出发。面对想做的事情,不能因为没有人陪我们一起做,便停下脚步,不敢向前。面对想学习的东西,不能因为遇不到好的老师,就自行放弃。没有人能一直陪在我们左右,也没人能一直引导我们向前。人与人之间的故事线会相交,但这并不是必然的事情。有的地方总要我们一个人去,有的风景总要我们一个人去欣赏。无论遇到什么,我们都要勇往直前,要凭借自己的能力,努力完成人生目标。不依靠他人,也不依赖他人。

在我们遇到困难时,也许会遇到那么一个人,他会暂时成为我们的港湾。我们也许会成为渡他人的人,陪伴别人走过低谷期,帮助别人解决麻烦,替别人做出决定。当我们和爱的人分手,我们心中的花被大雨淋湿,变得枯萎,不再绽放。有人撑起伞,撒下种子，重新开始浇灌花朵，用爱细心呵护，陪伴着它们重新开花结果。接受被他人渡固然是一件幸运的事，但我们更需要学会自己解决烦恼、脱离困境。

心情跌入谷底时，要冷静，要理性，要调节，要自我拯救。我们不能时刻指望别人，他人帮你是情分，不帮你是本分。不是人人都愿意帮你渡过难关。有些事情当下觉得愤怒，也许会随着经历美好的事情而被消化掉，我们应尽量少将负能量带给旁人。

过度倾诉是会被人嫌弃的，无关乎关系远近。没人能一直照顾你的情绪。当我们失去某个重要的人或者物时，我们会觉得天都塌了下来，郁郁寡欢，甚至寻死觅活。可是那时我们的倾听者，也许刚遇到一件喜事，升职加薪、喜结良缘、金榜题名，如果对方总是听到我们的抱怨，会觉得我们在扫他的兴。因此，不要一味指望别人帮助我们解决事情，也不要奢望别人替我们抚平伤疤。他不能渡我们的悲，我们也不能感同身受他的喜。

人生不如意事十之八九。凡事不要优先考虑寻求他人帮助，要学会自己解决。别人可以帮你一时，但帮不了你一世。努力提升自己的能力，撑起属于自己的天空。有言曰："依靠父母，你能成为公主；依靠男人，你能成为皇后；唯有依靠自己，才可能成为女王。"自渡者定然会是强者。战胜挫折，勇往直前，成为更优秀的人。

真正的成长

每个人成长的周期和过程都是不同的。有的人在一夜之间认为自己成长了许多,有的人随着日落月升逐渐成长,有的人则是因现实而被迫成长。不论哪种成长,都是有迹可循的。

父母常说不当家不知柴米贵,我们生活在父母身边,却并不能理解这句话。当我们独自生活时,才会发现生活的不易,也理解了父母之言的真谛。当家中所有的物品都需要自己购买时,我们才能切身体会到父母赚钱的不易,也会为了更好的生活而奋斗。我们不仅学会了挣钱,更学会了省钱,也会辛苦存钱为父母购买礼物，这种成长是每个人的必经之路。

年少时，我们会觉得脸面比什么都重要，年长些便会明白其实它是最不值钱的东西。有的人因为一些变故，原先拥有的优渥生活离他远去，现在连温饱都成了有待解决的问题。在需要靠自己的双手创造生活的时候，他们仍然放不下脸面，认为所有的工作都不体面，害怕因为自己做着普通的工作而被旁人嘲笑。其实，这没有丝毫意义，旁人根本不会在意你会怎样生活。当你能够放下自己的脸面时，才会获得一种真正的成长。

年少时，我们的情绪总是会因外界各种各样的事情而变得不稳定。或许是遇到不公平的事情，或许是别人对自己提出了意见。哪怕是生活里的琐碎小事，我们也会因此火冒三丈。那时的我们，还不懂得如何控制自己的情绪，经常与他人唇枪舌剑。随着年龄的增长，当我们经历得更多了之后，情绪就会越来越稳定。遇到不开心的事情时不再吵闹，而是会快速消化坏情绪，调整好心态，继续做该做的事情。遇到不公平的待遇时也不会再钻牛角尖。至于那些得不到的东西、失去的感情和见不到的人，我们也会随遇而安，顺其自然，不再受其影响。这样的成长会使我们越发感觉幸福，也会变得轻松自在。

父母给予我们生命，也给予我们遮风蔽雨的温暖的家。我们不能因为他们是我们的父母，就觉得理所应当。我们最该感恩的人便是他们，没有他们，我们就不会来到人间，享受现在拥有的一切。父母为了家，为了生活，不辞辛劳。当我们能理解他们的不易，懂得他们的辛苦，并以感恩的心对待他们时，才是真正的长大成人。

朋友间的相处，应该是礼尚往来的。不仅是物品之间的馈赠，情绪的价值的交换也该如此。在你难过时，她会静静倾听，陪伴你，安慰你。在你迷茫无助时，她会为你答疑解惑，陪你走出困境。在你受到伤害时，她会用爱包裹你。当你明白该怀着感恩的心与朋友相处时,你会发现你和任何人的友谊都会天长地久。

人的一生会长大三次。第一次,是在发现自己不是世界中心的时候,这表示我们已经成人;第二次,是在发现不管怎么努力,有些事终究无能为力的时候,这表示我们已经成熟;第三次,是在明知前方道路千难万险,依然会尽力争取的时候,这意味着我们得到了真正的成长。当我们实现了这三次成长,我们就会发觉自己离成功又近了许多。

真正的成长,不单是年纪、身份、职业发生变化,而是心态的变化。有些道理有人到老才懂,有些事情有人还未成年就已明白。尼采曾说:"凡是不能把我打倒的,都会使我变得强大。"在有限的生命里,我们要多去经历、多见识,获取更多成长的途径和方式。

第二章

生活琐碎,不慌不忙

缺爱型人格

人与人的命运不同,得到的爱也不一样。有的人从出生开始就被爱包围着,成长的道路上,处处皆是爱,他们被爱滋养,与爱相伴一生。相反,有的人从未被爱过,一生都在渴望爱、追求爱。

缺爱的人往往有一个通病,就是非常容易被感动。在友情中,对方稍微展露一丝好意,这类人便开始掏心掏肺,毫无保留地付出。当对方赠予礼物的时候,这类人会回馈对方以更多的礼物,生怕自己给得太少。因为没被爱过,所以他们不知该如何去爱。当他们得到一点爱时,便可以倾其所有,回报对方。他们用自己的全部去爱对方，还是担心对方会离开他们。

朋友间的往来一般很难拥有绝对的公平，不该过度计较得失，更不该存在单方面的付出。任何爱都不能只靠只言片语，而是需要行动表达。我们可以感动，却不能失去自我。因为缺爱，所以不知道如何去爱，爱并不是一件难以启齿的事情。我们可以慢慢学习，学会辨识人性的善恶。不懂爱没关系，不知道如何去爱也无妨，请记得，真正爱你的人不会只想着占你便宜，是会想要对你付出多一些的，他们会因你快乐而快乐、因你幸福而幸福。

善于察言观色其实是优点，可是在缺爱的人身上，却成了时刻困扰他们的存在。和恋人相处时，对方的无意之举、无心之言都会让他们过度揣测。恋人在工作中遇到了一些问题，于是把情绪带到了两个人的相处中。也许对方只是比平时寡言了些许，比起其他人，缺爱的人会更加在意这些细节。他们不敢过问，只能在内心揣测，反复思考恋人反常的情绪是否与自己有关，并因此闷闷不乐。他们不敢提出意见，害怕因此失去对方。他们偶尔也会情绪失控，对恋人说些过分的话，过后则会格外愧疚和后悔。他们认为自己的举动实属不该，或许错的一方并不在自己，但他们已经开始想尽一切办法弥补，害怕对方因为自己的情绪失常而结束这段关系。

人与人相爱的时候，如果过于小心翼翼、敏感多疑、患得患失，只会让双方都处于疲惫之中。遇到问题应及时沟通，犯错并不可怕，重要的是去改正和承担责任。感情里的关系都是平等的，我们可以发脾气，可以耍小性子，但请不要放低自己的位置。没有人不害怕被抛弃，没有人不害怕失去某段关系，它们并不会因为你的害怕就不发生了。缺少爱并不可怕，可怕的是一味地指望有人能够完全弥补这份缺失。与其渴望被救赎，不如学会如何去爱，慢慢理解什么是爱。

缺爱的人中，很大一部分是极端者。他们要么绝对独立，要么过分依赖他人。这是原生家庭造成的。奥地利心理学家阿德勒说过："幸福的童年治愈一生，不幸的童年需要一生去治愈。"他们自小就没有得到或是很少得到关爱。在最需要帮助的时候，他们的父母却对他们冷眼相待。在这样的环境中长大，连最亲的人都漠然，他们更不会指望陌生人会给予他们爱。因此，这类人会越来越独立。在人生的道路上，他们并不依靠别人，他们仅凭自己闯过艰难险阻。久而久之，他们变得越来越不需要爱。受原生家庭的打压、忽视、控制，他们难免会过得比别人更辛苦。有的人会通过自己的努力过上想要的生活，与过往剥离开来，奔赴美丽的人生。而有一部分人恰恰相反，因为自小缺爱，他们会近乎疯狂地想要在他人身上获得爱。不论是谁，只要对方透露出一丝爱意，他们便牢牢抓住对方。他们热切地希望对方会是自己的救赎，可以给予自己缺失的所有爱。他们总是过于依赖他人。

人都是群居动物，不要因为曾经缺少爱，就拒绝所有的爱意。人与人的关系更是多变的，不该指望有人平白无故地就会给予你缺失的爱。我们要学会的是自我拯救，也要学会相信别人、依靠别人，总有一些事情，靠我们自己是完成不了的。只不过，依靠别人的同时应掌握好尺度，不该把自己想要的东西强加到他人身上，给他人造成困扰，让这段关系被这些欲望和渴望所捆绑。缺爱的人在情感关系中通常会用力过猛。自己可能只有十分的力，偏偏透支也要拿出十二分，眼前的窘迫，反而会构成缺爱者某种病态的付出。

　　缺爱的人总是矛盾着的。在与人相处时，他人随意说出的话都可能会让他们耿耿于怀，甚至因为那些言论而否定自己的优秀。在收到礼物和惊喜的时候，他们先做的事是去衡量价值，思索着该如何回报对方。他们不敢轻易接受别人的好，也时常觉得自己并不配得到。

在这个世界上，任何人都值得被爱，任何人都值得被用心对待。缺少爱的人想要获得爱，首先便要和过去和解。正视自己缺爱这件事，不要逃避，更不要害怕承认。打开心扉，去接受别人，接纳爱意。但不要为了爱而爱，不要为了弥补缺失的爱而盲目投入某段感情。接受爱，获得爱的前提是学会爱自己，这样才能真正地去爱别人。

讨好型人格

何谓讨好型人格？泛指习惯把别人的需求放在第一位，以他人为中心的一类人。在社交时，这类人会优先考虑他人。比如在商量去哪里吃饭的时候，他们会优先站在对方的立场思考。哪家餐厅离对方比较近，对方喜欢吃什么……一切都以对方的建议为准，哪怕那家餐厅离他们很远，哪怕菜品并不合他们的口味，他们还是会顺从对方，委屈自己。

英国心理咨询师雅基·马森曾写过一本书，名为《可爱的诅咒》。她把这些始终把友善待人作为唯一行为准则并因此受尽委屈的人，称作"圣母型人格"。

在他们看来，很多事情的优先级都高于自己的身心健康，结果支持了所有人，却让自己崩溃。

倘若父母要求他们请假回家，即使这张假条会让他们面临失去来之不易的工作，他们也不忍心说出拒绝父母的话，因为他们并不想让父母失望。倘若朋友提议假期一起去旅游，明明他们已经制订好了假期计划，仍然无法拒绝朋友的邀请，而是选择牺牲自己。因为害怕别人失望，所以这类人从不拒绝别人，而是默默忍受着自己不情愿的事情。

每个人对于人、事、物的敏感程度都不一样，而具有讨好型人格的人，他们的敏感程度往往高于常人。面对面聊天时，别人的无意之举都会被他们过度揣测。网上聊天时，他人随口说的一句玩笑话，或是因为忙碌忘记回复消息，也会被他们过度分析。他们时常担心自己哪句话说得不对，害怕哪个行为冒犯了别人。明明对方什么都没说、什么也没做，他们却会陷入无端的自责和反省中。这类人总是会过于关注他人，有丰富的内心戏，不断遐想，不断内耗着自己。他们极度不自信，在关注别人优点的同时也会无限放大自己的缺点。旁人的一言一行，会不断影响着他们。一辈子并不是为自己而活，而是活在他人的眼光、他人的评价里。这样的人生是可悲的。

诚然，在意他人的想法并没有错，但我们没必要过度在意。正所谓金无足赤、人无完人。每个人都有缺点，每个人也都会说出错误的观点和建议。如果一味地以他人的想法作为自己的标准答案，那么这样的人生便失去了自己做主的权利。别人喜恶的东西，我们可以表示赞同或反对，但无须盲从。那是他的人生，与我们并不相干。我们的喜好由我们自己掌控，无论他人持何种观点，都要有正确的判断力，不必因他人随口之言就改变自己。我们需要对做出的每个决定负责，而他人并不会替我们承担责任。我们应该更多地关注自我。过度在意不仅是在给自己制造麻烦，也给他人带来不必要的烦扰。

我们可以满足别人的期待,但是没必要毫无原则地迎合别人。父母希望你成为老师,爷爷奶奶希望你成为医生,姥姥姥爷又希望你成为舞蹈家。你可以满足他们的期待,前提是你喜欢从事这些行业。你的另一半希望你能变瘦一些,于是你开始以自我伤害的方法去满足他的期待。因为你害怕失去他,害怕因为自己的无动于衷而失去这份感情,更担心他会对你失望。当你满足了这样的期待一次,后面会有无数次等着你。你的身材应该由你做主,不该一味地迎合他人的期待,更不该以为迎合、满足了别人的期待就会得到更多的喜欢。

人人都希望被喜欢,人人都害怕被讨厌,但我们不必为此过度担忧。平时喜欢独处的你,因害怕不合群,所以次次按时参加朋友的聚会。哪怕不喜欢喝酒,你也会陪着别人喝个通宵。你害怕因为你的拒绝而被朋友孤立，甚至失去朋友。可是，真正的朋友不会因为你的偶尔缺席就离开你，也不会因为你不常参加集体活动而讨厌你。如果你真的因此遭到讨厌，那么这样的人并不值得你去付出。如果你做的每件事情都是为了想要得到他人的喜欢，那么你终其一生也无法成为自己想成为的人。

人和人的相处都是相互付出的。付出多少，值不值得付出，都取决于自己。任何付出都需要有个度。有些付出是对方主动要求的，有些则是我们主动上前的。我们应该去做自己力所能及的事，不要在对方提出任何要求时都全然接受，毫无保留地付出。当我们主动想帮助他人时，我们应该先询问对方是否需要帮助，需要怎样的帮助。而不是站在自己的角度，去做自以为对他人好的事情。有些忙可以帮，有些事可以做，有些付出可以不求回报，前提是对方也会愿意为你这样做。

每个人都是世间独一无二的存在。每个人都有值得夸赞的优点。我们无须刻意去讨好谁,也无须期待所有人都喜欢我们,更不必委曲求全。村上春树有言:"不要太乖,不想做的事情可以拒绝,做不到的事不用勉强,不喜欢的话假装没有听见,你的人生不是用来讨好别人,而是善待自己。"在这个世界上,每个人都是平等的,我们不亏欠任何人。与其讨好他人,不如讨好自己。人生只有一次,我们该为自己而活。

自我感动式付出

久在沙漠里的人渴望喝到一杯水,你却给了他一块面包。你认为自己的付出让人感动,殊不知你不仅没有帮到他,反而给他增添了困扰。你只是按照自己的想法去对别人好,但是这种自以为的好并不是对方想要的。反而,你陷入了一种自己为对方做了很多事情的状态中去。其实,这就是自我感动式的付出。

每个家庭的经济条件都不一样,富裕的家庭不会因金钱问题苦恼,而经济一般的家庭,将始终受其影响。母亲总会把最好的东西给我们,比如好吃的零食、好看的衣服,她们会将经济能力之外的东西买给我们,在我们享用后,或许又会用这些来"绑架"我们。在我们没有取得好看的分数,在我们没有按照要求完成各种"任务"时,她们便对我们进行批判:她们每天节衣缩食,只为我们可以拥有最好的生活条件,而我们连那一点小小的要求都做不到。她们沉浸在自己塑造的角色中,自我感动地控诉着。这种付出是自我感动式的付出,这种爱是窒息的爱。其实我们从未要求过这些,面对这些时,我们也曾拒绝过,她们一厢情愿式的牺牲却变成了我们的过错。在她们感动时,认为我们也该如此,我们应该遵循她们制定的规则,完成她们的要求。她们的出发点是好的,却不是我们想要的。

爱情的前提是相爱。有些人在追求你的时候,会送给你一些价格不菲的礼物,还会接你下班。在你需要的时候,他会出现在你身边。在你果断拒绝的时候,他依然固执地追求你。在你不想接受的时候,他会想尽一切办法让你不得不接受他。为了和你在一起,他会讨好你的同事,亲近你的朋友。他会不惜付出金钱和时间,不顾你的感受,执拗地给予你不想要的一切。当你遇到对的人并准备开始恋爱的时候,你却成了他口中的"薄情女"。他感动了自己,也感动了你身边的人,一众人等甚至开始对你进行道德绑架,好像你不与他恋爱就是不对的。他付出着他想付出的,他给予着他想给予的,却好像从未关注过你的想法。他成了"深情"的人,你却成了铁石心肠的人。

友谊也分远近。有些人和你的关系就像亲人一样,有些人和你的关系则只是比陌生人稍近一些。当并不亲近的朋友想和你变得更要好时,她会整日围在你身边。每日向你问候,并不时赠送你一些礼物。而这所有的示好,你都会用相同的或者双倍的方式还回去。她会时常出现在你和其他好友的私人聚会上，用这样的方式加入你的社交圈。她会利用自己的关系为你走后门，利用父母的社会地位帮你升职。当她拿着为你做的事情，想要找你邀功的时候，你的冷淡伤害了她。于是她向众人控诉，向众人展示她为你付出了多少，给予了你多少，没有她你什么都不是。但是在她表达自己想要什么的时候，你明确地拒绝过，也刻意拉开过你们之间的距离。明明错的不是你，可是舆论的矛头统统指向了你。想跟你做朋友的人，不敢再继续跟你来往。公司想交给你某项重要工作的时候，却因为她的话对你的能力产生了质疑。本来可以靠自己努力提升的职位，因为她的只言片语，你的努力付诸东流。只因为她付出了，她就成了站在道德制高点的人，拒绝她的好意就成了一件错事。

你在雨天给某人送了一把伞，对他而言，这是一件值得感谢和回报的事情。你却陷入了自我感动的情绪，走进了自己设定的情境。你认为如果他没有你送的伞，便无法走出狂风暴雨。其实，就算没有你的伞，他也会有别的办法。这是你自己想做的事情，是你的一厢情愿，而非对方要求。当你出差去了国外，特意去了某人最爱的画展，买下了他喜欢的画。你大费周章、精疲力竭，最终将画带回了国内。当你把这份惊喜呈现给他时，你看到他的反应并不如自己所想的那般激动，于是你便开始无端地生气。一把伞就是一把伞，一幅画就是一幅画，无法承载起你想要在上面寄托的感天动地般的情愫。其实对方也为你送过礼物，其实你的反应与他一样，你们向来都是礼尚往来，从未有过亏欠。只是因为你沉浸在自我感动中，而对方并没有按照你心中所安排的剧本参演，所以你觉得无法接受。诚然，并不是所有人都必须去承受你想要的情感、感动和所求，他们并无这样的义务。

　　人和人的感知都是不一样的。你以为你很爱对方，其实你只是做了情侣间应该做的事情。比如在情人节，你们会为对方准备礼物。男士会选择购买女士喜欢的东西，女士也许会选择亲手制作礼物。前者认为自己在尽己所能给予她最好的东西，尽管这份礼物并不算十分奢华，但她肯定会很感动；后者觉得自己利用休息时间亲历亲为，精心准备了这份礼物，他一定会感动得泪流满面。其实，任何礼物都不该先感动自己，然后再要求他人与我们感受相同、情绪相同。与其说是在为对方准备惊喜，言重一些，不如说是在道德捆绑，通过双方准备的礼物比较出谁更爱谁。玫瑰就是玫瑰，香水也只是香水，它们的价值不会因为你的自我感动而被赋予别的意义。当我们有所付出时，不能全然不求回报，但也不该一味自私索取。

自我感动式付出不应发生在我们身上，我们也不该同情以及接受这种付出。我们不该将价值寄托在任何一个人身上，也不该在他们身上索取价值。这个世界是守恒的,也是存在因果定律的。你送出的每颗糖,都去了该去的地方。你所做的每件事,你所付出的善意与美好,无论以何种方式,最终都会回馈给你,都会为你带来回报。

做个有主见的人

父母会以为我们好的名义,让我们做不喜欢的事情。我们会做出反抗,也会提出意见,但是屡屡碰壁。他们每次都将这种强制的要求冠以爱的名义,于是我们不得不妥协。长此以往,在和别人打交道时,我们就会渐渐习惯了忍让。同事对我们开了些毫无底线的玩笑,明明受到了伤害,但我们选择不发火,只是顺从地听着。朋友的越界、恋人的邋遢,明明让我们备感不适,却每次都强迫自己忍让。原以为这种忍让会让身边的人更喜爱我们,事实恰恰相反,他们正是因为我们的不反抗,而对我们为所欲为。过度的忍让，只会换来他人的得寸进尺。

少些感性，多些理性，面对问题时，不应让过多的感性主导我们的判断。当局者迷，旁观者清。当我们亲身经历一些事情时，习惯用直观情感去判断对错。所得到的答案和做出的决定需要我们为之负责，也需要我们承担相应的后果。我们做出的错误的判断，只会让事情变得更复杂，让局势变得更不易掌控。在恋爱中，若对方做了不可原谅的事情，我们应保持理性，冷静分析，果断离开。在工作中，若发生问题，我们该分析原因，明辨是非，不以私交包庇他人。培养理性思维，做到事事冷静，拒绝让情绪主导理智。

我们对待任何事情时，都应有自己的想法。不要惧怕犯错，惧怕承担后果，没有人可以保证自己做的事情万无一失。但是不能盲目听从他人的观点，也不要完全不听他人建议。倾听对自己有用的真话，过滤虚情假意的假话。不要因为别人对于我们想做的表示不赞同，就左右摇摆不定。不要因为一件事情的失败，别人对我们能力表示怀疑，就陷入自我否定。没有失败的沮丧，哪来成功的喜悦。他人的失败，不代表我们。容易受到他人干扰的人，注定不会赢。人生是自己的，我们可以选人结伴而行，但不要过度听从他人的看法，依照别人所说而做事。

对待生活中我们想去做的事，不要犹豫不决，一旦错失很可能就不会再拥有了。他人不会为我们的人生负责，我们也无法负责别人的人生。每个人想要的都是不一样的，要去的终点也各不相同。因此，我们尽力做到不擅自影响他人，也不被他人影响，而是专注于自身。

不要停止学习，多读书，掌握不同的知识。有机会多去看看世界，不要困在小小的一方天地中。肯定自己，激励自己，奖励自己。制定目标，完成目标，一步步为自己建立自信。结交优秀的人，远离负能量的人。优秀的人对我们的影响是正向的，对于我们的改变也是向上的。

拒绝他人，学会说不。我们无须唯唯诺诺，在一段关系里，把自己放在极低的位置。我们应懂得表达，大胆发声。旁人并不会因为我们的顺从就表示尊重。拒绝是我们的权力，我们无须因为他人而委屈自己。处在任何关系里的双方都应该是平等的，不要不好意思，也不要吃不该吃的亏。

做一个有主见的人，有主见才有远见。有远见的人才可以活成自己想要成为的模样，去往想去的地方，成为想成为的人。人生来不同，要忠于自己，为自己而活。不要随波逐流，不该为外界因素改变自我、失去自我。学会爱自己，听从自己的声音，满足自己的欲望，为自己负责。世界总是充满着分歧。仅有一次的人生，切勿活在别人的目光里。就像泰戈尔所说："我在你们这个年纪的时候，也曾把船解开，让它从码头漂出去，迎接狂风暴雨，谁的警告都不听。"

悄悄努力

在如今的互联网时代里,大多数人在做一件事情之前,都喜欢发布社交动态或者告知身边的亲友。目的可能是想得到别人的认可,获得他人的赞同以增加自信心。或许是因为这件事有值得炫耀的资本,所以他们想听到别人羡慕的话语;或许是因为他们认为此事大局已定,即便还没有开始去做,仍然愿意提前和他人分享喜悦。其实,在万事开始前,我们最好不去过度张扬,而是悄悄努力、暗自拔尖,等美好结局尘埃落定后再与身边人分享。

我们常常能听到身边的朋友想要减肥的消息，他们决定减肥的时候一定会先大肆宣传。在正式开始减肥之前，他们会先随心所欲地放纵一番，然后再按照制订的计划开始施行。减肥计划的初期阶段往往是顺利的，随着计划的进行，过程中的坎坷也随之增多。普遍发生的是：他们的计划自行终止，减肥以失败告终。难道是他人破坏了减肥者的减肥计划吗？答案显而易见。计划的失败源于他们的不自律，源于他们的无所作为。面对好友的聚会邀约，他们可以选择果断拒绝；面对各式美食，他们可以选择视而不见。但他们却未这样做。一旦你选择将减肥的计划告诉旁人，此时，不只是你，会有更多的人开始关注你最终的结果。这些人里，并不是所有人都希望你成功，不乏站在一旁等着看笑话的人。不如等到减肥成功后再与旁人分享，既能收获大家的祝福，也能杜绝上述现象的发生。

谈恋爱是一件美好的事情，在暧昧期间秀恩爱也是常见之事。许多人在爱情还没定性的时候,就开始自称为对方的另一半。在社交平台发布他们即将恋爱的一切迹象,向众人分享他们正在经历的一切,过程详细得好似旁观者也一同参与了一般。而很有可能发生的是,他们收获的祝福寥寥无几,得到的反而是窥探、不屑和嘲笑。在还没有追到对方的时候,他们说出口的承诺数不胜数,以至于自己都忘记了,但是那些看到你发布社交动态的人能清楚地记得。那些势在必得的宣言、你侬我侬的爱意被多数人当作茶余饭后的笑谈,甚至是闲暇之余的赌注。赌赢的人或许只占据了很少的一部分,结局却是天遂众人愿,以失败收场的情侣往往占据了大多数。

  当一个梦寐以求的机会出现在眼前的时候,除了难以置信的惊讶,更多的是会产生想向众人炫耀的欲望。希望他人围观自己的成功,也许是一次升职,也许是进入一个更好的公司,也许是见到一个难以见到的人,也许是一个可以实现自己梦想的机遇。当你以成功者的姿态告诉别人的时候，当你扬扬得意、忘乎所以的时候，有人会嫉妒、愤怒、不甘。你以为离成功只差最后一步的努力，往往在这最关键的时刻，有人会阻拦你一步之遥的成功，让你先前的努力化为泡影。在这个世界上，不是所有人都能真心替别人的成功高兴，更何况是涉及利益的事情。万事没有尘埃落定时，一切变动皆有可能。成功可以是你的，也可以是别人的。没有哪个位置是特意为谁量身定做的，谁付出得多，谁沉得住气，谁坐上那个位置的可能性就更大。

我们常常能听到旁人说起他们想要做某事的想法。听得多了便会觉得此人说出口的话没有任何分量，总是放在嘴边而从来没有付诸行动。即使开始去做了，也从未坚持到底，不过是三天打鱼、两天晒网罢了。不管对方说得多么详细，计划得多么周密，却从未为此付出过分毫努力，甚至会抱怨困难繁多。不管出于何种原因，此举都会给别人留下不好的印象。

不论是大事还是小事，任何事情都有个经过。我们想做任何事情之前，要先学会将它们藏在心里，不被众人知晓，然后再悄悄努力，等到成功之时，再与他人分享。说得多了，做得就会变少。记得我在北大光华管理学院有一年的毕业致辞中提到，找到适合自己的速度和节奏，聆听内心，"扎硬寨，打呆战"，像美国作家布洛克所说的那样："保持正确的方向，不断地让一只脚在另一只脚前面……这个过程中，我们可能会迷路，会走错路，没有关系，回到走错的地方，从另一头接着来，让一只脚在另一只脚前面……"其实，真正在乎你想去做什么、会去做什么的人只有我们自己，就算我们告知他人，也无法因此得到大量的、实用的帮助。事情是我们自己的，想要达成的目标、想要去往的地方，都是我们自己的，与任何人都没关系。与此同时，我们也不该对别人有期待，他人的看法、他人的观点都不该影响你。我们需要的是确认自己想做的事情，并为此制订计划，脚踏实地，一步步向前，努力拼搏。

随着年纪的增长，我们会发现身旁有人恋爱结婚、生儿育女了，也会发现有人出国深造、事业有成了。在我们得知这些消息的时候，它们的结果已经成了既定的事实，但是过程里一定有我们了解不到的努力。而这些故事里的主人公不需要别人知道这些，也不在意他人的意见，因为这些对于他们都不重要。重要的是，他们懂得如何达成目标，要付出多少努力，知晓对自己负责。

在一片荒芜中绽放出玫瑰，在黑暗中成为闪闪发光的人。丢掉虚荣心，摒弃炫耀欲，脚踏实地，付诸努力。无论此刻在山峰还是低谷，真正的付出一定会获得回报。待到成功之时，无须多言，会有人为我们发出喝彩，哪怕没有，我们也已经拥有了自己想要的人生，交出了满意的答卷。把自己藏起来，悄悄努力，面带微笑接受众人的赞赏，成为自己的一束光。

专注自我

如今的社会,人们的生活节奏异常地快,我们都会主动或被动地参与别人的生活。铺天盖地的新闻影响着我们的情绪和生活,也在不知不觉中改变着我们。这让我们总是会过度地关注他人,无法专注自我,来不及做的事情因此堆积得越来越多。百度 CEO 李彦宏在北大毕业典礼的演讲题目就是《选择、专注与视野》,他也提到,只有专注才能让自己变得足够优秀。

倘若你在工作时,偶然看到了一些社会性新闻,正向的会使你觉得浑身充满力量,而负向的新闻则会影响你的情绪,甚至让你变得消极。你过度地代入自己，看到他人遇到危险，自己也会担惊受怕，甚至会为不可能发生的事情过度担忧。倘若你看到他人遇到不好的恋人，你或许会因此开始质疑世间所有的真情实感，甚至因此改变自己的恋爱观。倘若看到他人创业失败，你或许也会变得谨小慎微，不敢做出任何改变。

任何人都不希望听到或者看到不好的事情发生，然而没有人能够杜绝它的发生。在遇到这些事情的时候，不要过度投入其中，让自己长久陷入不好的情绪中。你的愤怒、悲伤和不安，对事件本身不会有太多的影响，但会影响自己的生活。把专注力放在自己的事情上，才是正确的。

八卦十之八九都是无聊之事，传播者出于某种目的，四处散播；倾听者出于好奇，到处打听。无论你是传播者还是倾听者，这些关于他人的私事，于你而言并没有任何意义。别人曾有过什么故事，或好或坏，我们予以尊重便好，无须过度关注。即便我们自己成了舆论的中心，虽然无法阻止他人，我们也可以努力提升自己。

有言曰："人到了一定年纪，是往回收的，收到最后，三两知己、一杯浅茶，把生活活成自己想要的样子。"在生活中，我们不妨多做喜欢的事情，丰富自己，避免过度参与别人的生活。我们要活在自己的故事中，为自己人生的剧本增添色彩。专注于自身，完成自己的目标。

学会舍得

在人生的旅程中,我们会遇到形形色色的人,与他们相识,和他们发生各种各样的故事。不同的阶段会结交不同的朋友。有的人在低谷期遇到的朋友会将他们从深渊中拉出,带他们走向光明。这类朋友值得我们去珍惜。其实人与人的相处不求锦上添花、雪中送炭,但定然不能冷眼旁观,背后诬陷。

每个人都应该有交友的底线,当他人触及底线时,我们不该用感情的深浅去衡量他们伤害我们的多与少。如若发生这样的事情,我们不能因此就心软,盲目地选择原谅对方,否则往后或许会有更大的伤害和更过分的事情发生。我们的纵容或许不会被感恩，甚至会让对方得寸进尺。与其委曲求全，不如选择分离。及时退场或许还会为这段关系留下美好的回忆，若等遍体鳞伤时再狼狈离开，那么仅剩的美好也将消失殆尽。

身处恋爱中的人一旦做了伤害对方的事情，总会用曾经相处的日子作为筹码，以求原谅。而被伤害的人，或许会因为曾经拥有过的美好而原谅对方，舍不得分离。无论曾经的日子多么甜蜜，都不该成为我们原谅对方的理由。曾经的美好并不能抵消当下的糟糕，也无法弥补对方的过错。屡次原谅，并不会让感情如初。因此，勿求通过自己无底线的原谅而留住任何人。

该离开的人，迟早都会离开。不对的关系理应及时止损，不要在深受伤害以后才幡然醒悟，追悔莫及。爱情本是美好的，是挡雨的伞、和煦的风。它不该如凛冽寒风般锋利，更不该含沙射影、恶语相向。正所谓有舍才有得，离开错的人，让对的人来到你的生命中，岂非一件幸事？

我们总有些想买的东西，却因价格过高而思虑再三。待下定决心后，才发觉商品已然下架，因而后悔不已。其实偶尔奖励与取悦自己并不算什么。人不是只能辛勤地播种，享受果实也是理所应当之事。舍得花钱和盲目消费不同，适时奖励自己对我们又何尝不是一种激励。比如我们所喜欢的、所渴望的服饰，或许会陪我们去到各种重要的场合，见证我们的成长。又或许，它只会被搁置在衣柜中。无论它的归宿是什么，它都能博我们一笑，何乐而不为呢？不要让片刻的犹豫所造就的遗憾贯穿我们整个人生。学会有质量地消费，买想买的东西，去想去的地方。这些都将成为我们生命画卷中浓墨重彩的一笔。

生活中有很多我们不会再用到的物品，但它们并未被束之高阁，而是被放置在我们目之所及之处。除了占去大量空间，它们毫无用处。我们总觉得还会用到它们，久而久之便不舍得丢弃。看着眼前堆积如山的它们，我们便失去了购买新物品的欲望。不舍弃无用的、闲置的东西，那些有质量的自然就不会到来。

"舍"在前，"得"在后，因此构成了"舍得"这个词。我们的人生所经历的先后顺序也是如此。有一本名为《在北大听到的24堂修心课》的书，其中一章所讲的就是"舍得——人生不过一舍得"。假如我们舍不得对我们不好，甚至会在背地里使坏的朋友，就不会得到在关键时刻会拉我们一把的朋友。假如我们舍不得背叛、伤害我们的伴侣，就不会遇到相伴一生的爱人。假如我们舍不得丢弃不用的东西，就不会得到更好的东西。

生命里某些角色的位置其实是已被注定的。有的东西只有在舍弃之后才会得到；而有的人，纵使我们不愿舍弃这段关系，最终对方也会离我们而去。在没失去更多、浪费更多之前，在没有伤痕累累之前，"舍"才是一种正确的做法。

鱼和熊掌，二者不可兼得，总要有所舍弃，有所放下，有所释怀。当我们不得不取舍时，不妨坦然面对。哪怕有再多的舍不得，也总要"舍得"。舍得是一种精神，是一种领悟，是一种成熟，更是一种智慧。漫长人生里，"舍"要果断，"得"要珍惜。

拥有翻篇的能力

每个人都有难以忘记的人和事，那些美好的值得我们毕生铭记，而对于留下不好印象的那部分，我们应具备立即翻篇的能力。如果不放下，而是一直对那些受过的委屈和伤害耿耿于怀，我们将会沉溺于负面情绪中，不断地消耗自己，甚至陷入死循环。我们无法继续向前，无法迎接和接受新的开始。一个杯子，只有倒空了它，才能重新容纳水。

很多人都会认同朋友是自己选择的"家人"这一观点。我们没有血缘关系，却和家人无异。有些朋友是一起长大的,无话不说,无话不谈;有些朋友是我们校园时期结识的,一起度过了最美好的青春时光;有些朋友是在工作中结识的,相互鼓励,共同成长;有些朋友则是机缘巧合下认识的,拥有一场美丽的相遇。无论是哪种情况,朋友在我们的人生中都起着至关重要的作用。在我们失意时,有他们陪伴着我们度过灰暗的时光;在我们取得成功时,有他们分享着我们的喜悦,认可着我们的能力,心疼着我们付出;在我们遇到无法跨越的困难时,有他们拉着我们的手,带我们通过布满荆棘的道路。

但是,这世间唯一不变的就是改变。有相聚,必然就会有分别;有相守,必然就会有离别。暂时的分开,是为了下次更好的相见。有的分别是有期限的,这会让人对这份感情充满美好的期盼。而有的分别则是永久的,迫于现实,这份感情无法再延续,不能再以朋友的身份参与对方的人生,天各一方。

你和你最好的朋友相识在夏天，那时的你们懵懂无知，在青春里约定做彼此一辈子的好友。伴随着栀子花香，你们开始了这段以为能够持续一生的友谊，一起度过春夏秋冬。你们拿到大学录取通知书，一起收拾行囊，一同去往陌生的城市，开始新的生活。你们的第一次恋爱，对方是第一个知道的，你们的每次失恋，也都有对方在身旁安慰。你们拿到第一份工资后，都为对方买了礼物。你们的婚礼，对方是彼此唯一的伴娘。无数个第一次，无数个重要的时刻，都有对方陪伴。她是你成长的见证者，是你生命中不可或缺的一部分。你们都以为不会和对方分离，所以在不得不面对分别的时候，总是难以接受。

没有人能快速放下这样的感情，也没有人能轻易忘记这段情感。可是你不能因此就紧闭心扉，不愿接受新的朋友，害怕开始新的友情。不该陷入对方离开的不甘情绪中，用对方的错误去惩罚自己，错认为是自己做得不够好，错认为别人的离开，是因为自己做错了事。无论错的是谁,失去了就是失去了,离开了就是离开了。形同陌路是不会改变的事实。一直陷入这样的情绪中,痛苦的也只有自己。万事万物没有永恒不变的,要学会翻篇,要自己勇敢地走出来。

爱情对于每个人都是不同的,但又都有相似之处。爱情一开始总是甜蜜的,你们会一起经历最美好的事情,夜晚相拥入眠,清晨一起醒来。会一起度过重要的节日,在春日踏青、夏日露营、秋日爬山、冬日赏雪。偶尔也会为早餐吃什么或是晚上去哪里约会起争执,不过磕磕绊绊、吵吵闹闹也不失为爱情的添加剂。那些看似幼稚的行为却满满都是爱意。谁不曾拥有过白月光与意难平。爱情总是以快乐为开场,也不乏有以悲伤作为收场的爱情。完美的爱情人人都渴望,却不是人人都能拥有。

有人在刚被求婚的时候就被背叛;有人在准备婚礼的时候,原以为一切都会按照自己所想,朝着美满的方向发展,却事与愿违;有人在婚姻中遭遇家暴,曾说要呵护一生的人此刻却拳脚相向。面对如此大的落差感,很多人都难以接受,更难以走出阴霾。

面对爱情中的挫败,我们会抑郁、难过、悲伤,会舍不得曾经的美好。其实,那些我们所记得的美好,可能只是幻想中的。我们不能总被困在某种过去中,也不能一味地将自己囚禁在回忆中,人要朝前看,路要往前走。沿途的风景再美,我们也不过是过路人而已。不能因为经历过不美好,而在新的美好到来时就变得胆怯,以致错过了前面更美的风景,甚至拒绝所有向你伸出手的人。可以适时难过,偶尔回忆,但我们要学会果断翻篇,要相信属于我们的美好终究会到来。

泰戈尔曾说:"如果你因错过太阳而流泪,那么你也将错过群星。"莎士比亚也曾经说过:"聪明的人永远不会坐在那里为自己的损失而悲伤,而是高兴地找出办法来弥补创伤。"我们要在失败的过去中积累经验,吸取教训。不要在相同的事情上犯错,更不要被同一件事情打倒。人一定要有翻篇的能力,成为一个出淤泥而不染的人。虽然命运不公,但我们要在不公中懂得选择。选择总结经验,选择到此为止,选择走出过往,选择勇敢翻篇。翻篇才能开启人生中新的一页,奔向更美好的未来。

第三章 照亮别人,传递余光

第一份友谊

脱离家庭生活,迈向校园,是我们靠近社会的第一步。儿时的感情是最纯粹的,不掺杂任何杂质,故而我们永远不会忘记结交的第一位朋友。

大多数人的首位朋友会是自己的同桌。在新的环境里,许多人并不愿意主动与尚不相识的陌生人交往,这个时候同桌就成了不得不朝夕相处的人。同桌是校园里离自己最近的人,同桌也是被老师安排进生命里的人。有些人主动想和某一位同学成为同桌;而另一些人是被动的,他们不想选择和谁成为同桌,也不知道该如何选择。

两人共用一张桌子，一起学习，一同探讨题目，带来的好吃的也会互相分享。你们会一起逛小卖部，一起走在操场上，手牵手看着高年级同学打篮球。在课堂上走神时，她会小声地提醒你。当你遇到不懂的问题请教她时，她会耐心地用纸笔一遍遍演算给你看，从来没有过厌烦的情绪。她甚至会宽慰你、鼓励你，她是付出的一方，也是主动的一方。这是第一个会维护你的自尊、会宽容你的人。因为这一件一件的事情，你开始喜欢这个渐渐熟悉起来的同桌。

在她心情不好的时候，你会给她买糖吃；在她被老师罚扫楼道的时候，你会在一旁陪伴着她；在她不舒服的时候，你会帮她请假，送她回家。你们互相分享着彼此生活，说着最私密的悄悄话。她会给你写信，信上写到她想要成为你的第一位好朋友，你也会含笑点头。

无论是哪种类型的男生，他的第一位朋友一定是有些说法的。或许是第一眼就看不顺眼的人,以为会无法相处,结果却成了第一位好哥们儿。或许是第一眼就很顺眼的人,你们会主动相约一起打球或者踢球,一来二去就成了好朋友。你们会互相交换漫画书,一起讨论某个动画片的剧情,共同商量打算报哪个兴趣班。少年们互相开着对方的玩笑,嬉戏打闹。也会互相帮助,相约做一些有趣的事情。

少年们的热血是天生的,哪怕是文文弱弱的人,要是他的朋友被人欺负,他也会为他仗义执言。哪怕一起被请家长,一起被罚扫厕所,一起被同学嘲笑,也决不会退缩。少年的友谊是不退让的,也是不需要言语确认的。你是我人生中的第一位朋友,为了你我可以做任何事。我们可以一起坐在篮球场吃一碗饭,也能共同承担某种责任,因为你是会选择站在我这边、帮我遮风挡雨的人。

青梅竹马、两小无猜的友谊最让人羡慕。从父母那一辈延续而来的感情，不仅代表自己，更代表了两代人，这种延续格外有意义。男孩和女孩在襁褓中就已互相认识，男孩一定自小就知道要好好保护女孩。女孩和女孩一定是从小就耳濡目染，要成为比父母那一辈更好的朋友。父母辈的友谊有一根线，在你们降生的时候就将你们牵连在一起，给予了你们一份世间最美好的感情。

当所有人都没体验过友情时，你们就已经有了属于自己的玩伴。你们会一起学说话，学走路，一起在爸妈怀里听他们聊着听不懂的话。你们会穿一样的衣服和鞋子，拥有同样的打扮。你们会一起闯祸，共同挨训。当别人因进入新环境而手足无措时，你们会牵着彼此的手大胆朝前走。你们会保护对方，会监督对方，也会无条件地偏袒对方。

你们上学会在一个班，放学偶尔会回到对方的家里。你们会一起看动画片，一起吃好吃的。会向对方父母打小报告，但也会在对方挨骂时，心疼地护着对方。会一起写作业，相互检查，发现错误时共同改正。会在被窝里说着悄悄话，穿着对方的衣服，吃光对方的零食，也会把自己最好的一份留给对方。你们知根知底，无话不说。第一位朋友，是无可替代的。

第一位朋友也许不是一个人，而是一行几个人。或许是一个院子里长大的邻居、一个村子里玩耍的伙伴，无忧无虑地在一起从天亮玩到天黑。不在乎长相，无关乎家境，更不会在意性别。

你们整日在院子里上蹿下跳，跳皮筋、打沙包、推铁环，把各自从家里带来的好吃的放在一起，玩到大汗淋漓后再一起分享。谁家的玉米甜、谁家的馒头香、谁家的零食贵，你们边吃边交流着，无话不谈。面对其他不听话的小孩的挑衅时，你们这帮朋友就会拧成一股绳，一致对外。即使不知道朋友的含义，也会对他人说类似"她是我的朋友，不准欺负她"这样的言语。往后的很多年，这句话依然奏效。父母的关系也会因为孩子的友谊而拉近,也会成就这份友谊。这种神奇的纽带,不仅存在于父母间,也存在于孩子当中。

首位朋友,有人正在经历,有人依然要好,有人却已经失去。在岁月的长河里,我们会遇到很多人,也会失去很多人。在这列人生的列车中,有人上车,就会有人下车。有些人我们转身便将他们遗忘了,而有些人永远留存在我们的记忆中。他们代表了友谊的开端,我们的第一份感情是从这里开始的,是他们教会我们什么是友谊,是他们赋予了这个词不一样的意义。无论过去多久,第一份友谊,我们永远不会忘怀,定会时常忆起。伴随着我们无法抑制的嘴角上扬,这份感情永远不会消逝。我们将其折叠好,藏进内心深处,偶尔也会跟某人提起这份足够珍贵与美好的回忆。

第一位朋友,好久不见,愿你们平安顺遂,一生欢喜。

初次心动

我们会忘记第一个老师的姓名或长相,会无法回想起曾经最爱吃的那家店的名字,会时常忘记回复某人的消息,却永远不会忘记自己的第一次怦然心动。

万物复苏,冰雪融化,褪下厚重的衣服,闻着花香,迎着春日。在开学日,全新的环境里都是陌生的面孔,虽然大家都穿着相同的校服,却总有一个人如一束光般照亮你。他也许没有多么亮眼的特点,可在你的眼中,他就是春天,让人感到无比温暖、无比充满活力。只是一眼,你的目光便无法从他身上移开。

你会打听他的姓名，想去了解他的爱好。他微笑的时候你也会嘴角上扬，他难过的时候你也会跟着沮丧，你的心情跟随他发生着改变。即使不相识，即使没有任何交集，这种心动也会持续蔓延至遥远的未来。

　　蝉鸣烦扰着正在午休的上班族，橘子汽水被不小心打翻在舞蹈室的地板上，夏天的风伴随着音乐吹拂着裙摆。同样的兴趣爱好有着莫大的吸引力。那个人也许不怎么会跳舞，却总是很努力地练习；那个人也许舞跳得很好，但在面对夸赞时总是虚心地笑着。也许那个人只喜欢独自练舞，不合群，不喜爱吵闹。这在别人眼里可能是缺点，但在你眼里变成了与众不同的优点。你们或许从未说过一句话，哪怕同处一个舞室。你们或许是每天一起练舞的舞伴，互相鼓励，一同进步。你们或许有着相同的性格。不管那是一个什么样的人，他的一举一动，每一个舞步都像是踏在你的心头，带动着你的心跳。这样的初次心动是美好的，就像挂在高空的月亮，可望而不可即，却从未缺席。

满地皆是金黄的落叶，栗子香飘满街，风送来了秋天的信。高领毛衣、驼色大衣，丰收的季节里也会发生一场浪漫的初见。异地他乡，你一直期盼的电影终于上映。于是你买好票，手捧奶茶，走进影院。这时，他恰好从你身边路过，只抬头望了一眼，你的心跳便乱了节拍。也许是上天的眷顾，他在你的身旁坐下，你们开始了一场你自定义的约会。你紧张不安，连呼吸都变得沉重，明明只是一眼，他却把你风平浪静的心搅得汹涌澎湃。这份心动也许会有以后，或许你会主动跟他表达自己的好感；但也有可能在电影放映结束的那一刻便戛然而止，你们在人海中相遇，也在人海中分离。

初雪飘落，屋檐染了白。厚重的衣服，毛茸茸的手套，保暖的围巾。雪花邂逅大地，带来了浪漫的冬。跨年夜，舞台中心，唱完歌曲的你为众人送上祝福。人群中的那个人就像一团烟火，点亮了你的心。

明明他的长相没有那么耀眼，明明他的穿着很是普通随意，明明他看起来对音乐丝毫不感兴趣，明明他从头到尾都并未为你欢呼过一次。就是那样一个人，他安安静静地站在那里，什么也没做，什么也没说，却占据了你空荡荡的一颗心。你捧着鲜花，却闻不到花香。你不喜欢玫瑰，却希望那个人送你一朵。在众人的尖叫中，你鞠躬谢幕，站在人群中与他并肩，和他一起倒计时，迎来新的一年。也许你会轻轻说一句"新年好"，也许你会默默站在一旁，只是静静地陪着他。这份心动有鲜花，有掌声，有音乐，你却什么也听不见，只能听到自己的心跳和他的呼吸声。

"我见君来，顿觉吾庐，溪山美哉。"平淡无奇的生活因为一个人的到来，而被突然点亮。旧屋、小溪、山涧，连同索然无味的时光，都渐渐美好起来。

古希腊著名的女抒情诗人萨福，在《给安娜多丽雅》中写道："我觉得同天上的神仙可以相比，能够和你面对面地坐在一起，听你讲话是这样的令人心喜，是这样的甜蜜。听你动人的笑声,使我的心在我的胸中这样的跳动不宁。当我看着你——波洛赫,我的嘴唇发不出声音,我的舌头凝住了,一阵温暖的火突然间从我的皮肤上面溜过,我的眼睛看不见东西,我的耳朵被噪声填塞。我浑身流汗,全身都在战栗,我变得苍白,比草叶还要无力,好像我几乎就要断了呼吸,在垂死之际。"这是诗人烈火般的心动。

第一次的心动,即便是经过岁月洗涤,也不会被轻易忘记。或许你会把初次心动默默留在心里,不向任何人吐露,任其在心中蔓延,直到今天也无法忘怀。因为对方太过耀眼,以至后来遇到的人都显得过于平庸。

人们常用遗憾来总结初次心动,故事不同,但结局大抵是一样的。有的心动只是一瞬间,过后便烟消云散。有的心动贯穿整个学生时期,褪下校服、告别老师后便也就放下了。有的心动伴随了一生,无论去哪里,无论做什么,无论成为怎样的人,那个人带来的美好,将陪伴着你度过无数个日夜。心动再浪漫也抵不过现实,心动再缥缈也足够有重量。

  第一次的心动里,我们赋予了对方特殊性。或许对方没有多美好,没有多闪光,也没有多特别,就是因为我们的喜欢,他才变得与众不同。如果你正在经历初次心动,如果你想将你的心意告诉对方,你得到的答案也许并不能如你所愿,也请不要沮丧。在这份心动里,无论谁是主动的那一方,两个人都要一起向上攀爬,而不是向下坠落。如果你已经历过初次心动,愿你永远记得,曾经有一份如明月般的美好存在过,更要幸福地生活下去。

  第一次的心动是什么?它对于每个人的意义都是不同的,却又都有相似之处。漫长的一生中,有一个人是我们黑夜里的一盏灯、暴风骤雨中的一把伞、孤独时填满心房的愁绪。如烈阳般火热,如冬夜中的暖茶般温暖,如夏日里的阵风般舒适。正如诗句所写的那样:"金风玉露一相逢,便胜却人间无数。"

岁月无法停止变更,我们无须为了他人而改变原来的轨迹。没有人能让你停下脚步,没有人能阻止你奔向更美好的远方,看更好的风景。带着这份美好,过属于你的人生。

遇见对的人

在友情中，在爱情中，在合作关系中，遇到对的人会给我们带来不一样的感觉。爱好一样、品味一致、三观相符、经济对等，符合这些就一定是对的人吗？当然不是。这些只是你们成为朋友、爱人、合伙人的基础条件。所谓对的人，是指两个人磁场相互吸引。

人和人都是从陌生变为熟悉的，有些人会成为朋友也是有原因的。当你结交了新的朋友，你们会一起打卡美食，一起逛街购物，一起探讨一本书的内容，一起观看一部电影并分享观后感。还会一起学习新的技能，画画或者跳舞、烘焙或者插画、书法或者摄影。你们无话不说，在彼此需要对方的时候，也会及时赶到。可是你们之间总是有一定的距离感，并且在和她交往后，你变得时常心情烦躁，情绪十分不稳定。你原本进展顺利的工作，总是会遇到问题，发生各种变故。当你认识这样一个人：也许你们三观、爱好都不相同，可是在你认识她以后，你一直没能拿下的项目终于有了好的进展。一直陷入迷茫、一直没能找到工作的你，也顺利找到了理想的工作。爱情不顺心的你，也遇到了属于自己的良人。人和人之间是有磁场的，对的人会给你带来好的磁场、好的改变；不对的人则会破坏你既有的磁场，让你的生活变得不顺。

在北大百年纪念讲堂，曾放映过一部电影，名为《怦然心动》，有一句台词让人印象深刻："有些人沦为平庸浅薄，金玉其外而败絮其中。可不经意间，有一天你会遇到一个彩虹般绚丽的人，从此以后，其他人就不过是匆匆浮云。"这就是对的人。

当你遇到了一个人,并与他相爱。你变得积极向上,充满自信。你们会一起经历好的事情,也会一同走过风雨。当你遇到挫折的时候,他会给予你帮助,也会鼓励你向前。在你面对失败的时候,他会牵起你的手,给予你温暖的拥抱,也会帮你建立自信。在你人际关系变差的时候,他会帮你分析问题,给出合理的建议。当你与家人发生不愉快的时候,他会安慰你、理解你,更会帮你改善你们之间的关系。这样的人便是你遇到的对的人。

如若你遇到一个人之后,变得疑神疑鬼,抱怨连天,对方甚至不允许你和其他朋友来往,不准你和除他以外的人见面,要求你删除所有人的联系方式。在你遇到困难时,对方会选择视而不见,不仅不给予帮助,甚至会冷嘲热讽。在你面对失败的时候,对方会打压你、批判你,将所有的错误都归于你身上。在你与家人发生矛盾时,对方会嘲讽你,让你与家人断绝关系,不要往来。不要怀疑,这就是错的人。

好的爱情,一定是积极向上的,充满正能量的。那个人的出现不是来消耗你的,而是滋养彼此,共同成长。那个人会让你变得更自信、更从容、更快乐、更柔软。真正爱你的人,是舍不得批判你的,更不愿意看你停在原地,止步不前,看不到更美好的风景。彼此都愿意为对方做出改变,相互磨合,双向付出,而不是一味要求对方改变。好的爱情会让悲伤的人变得快乐、暴躁的人变得温柔、消沉的人变得积极、粗犷的人变得细腻。而那个对的人,给我们带来的一定是春风,而非寒雪,会让我们变得越来越好。

选择合作伙伴时,有人会选择身边亲近的人,比如同事、朋友、发小儿等。当你决定和某人一起合伙做生意的时候,你们一定要具备完全的信任,在利益面前,相互信任是格外重要的事。假设你们决定合作经营一家餐厅,那么你们的三观一定要吻合,关于选址、装修、菜系，这些最基本的理念一定要相同，否则你们从一开始便不会成功。当你想去东区开，她却想去西区开；当你选择欧式风格，她却选择中式风格；当你想做中餐，她却想做西餐。如果一方妥协，听从了对方的意见，结果是好的，那便万事大吉。如果买卖赔了本，对方一定会不顾情谊，让你赔偿损失，你甚至会失去这段友谊。如果你选定了某人做你的合伙人，在项目还没开始的时候，你们便麻烦不断，并且遇到各种坎坷，那一定要停止合作。显而易见，你们磁场不合，不适合做彼此的搭档，更不适合一起谋事。

合伙人不仅要有情感基础，更要目标一致。假如你是精打细算的人，而对方挥霍无度，那么这样的人并不合适做你的合伙人。合作不仅是做一件事，更重要的是一起赚钱。或许你想用最少的钱处理好问题，而对方毫不在意金钱的问题。不要试图改变对方，也不要被他人改变，你们之间没有对错，只是不适合而已。你没有对象，事业心强，辞掉工作打算大干一场以达成自己的目标。而你的合伙人有家有孩子,虽然她也想赚钱,但是没有过多的精力放在生意上。你们的人生阶段不同,也是不合适的。当你为某个项目着急上火,四处求人,而她却要回去照顾生病的孩子。一次两次有情可原,随着次数的增多,你内心不满的情绪也会增加。公司是两个人的,总是这样单方面地付出,肯定不能长久。当你和他人合作的时候,一定是一加一大于二,而不是一加一等于二。生意合作也需要安全感,如果和对方一起做事,你总是担惊受怕,这样的合作肯定是不能开展的。合伙人与你之间的关系应该是愉悦的、积极的、向前的。

张爱玲在散文《爱》中写道:"于千万人之中遇见你所遇见的人,于千万年之中,时间的无涯的荒野里,没有早一步,也没有晚一步,刚巧赶上了,那也没有别的话可说,唯有轻轻地问一声:哦,你也在这里吗?"

无论是哪类人，无论你们之间是什么关系，在那个对的人到来时，我们一定会朝好的一面改变。不管是心态、生活，还是经济情况，定然是乐观的。想遇到对的人，我们自己要先成为对的人。我们要阳光，要积极向上，要拥有正能量。成为对的人，自然会遇到对的人。对的人，就是相视一笑，莫逆于心。

分享欲

母亲在蛋糕店买了她最爱吃的巧克力慕斯蛋糕,她从来不会自顾自地享用,而是会与家人分享。即便没那么爱吃甜食,我们也会与母亲分享蛋糕。我们知道,这块蛋糕承载着母亲的爱。正因为是亲人,才会有这种充满欣喜的分享。

我们的第一次分享一定是对最亲的人。我们会将隔壁邻居赠予我们的糖果小心翼翼地装进兜里,一路小跑回家,气喘吁吁地递到父母的手中,并满怀期待地看着他们吃下去。当获得称赞的那一刻到来时,我们所获得的满足感是无法用语言形容的。糖果虽小,可这份分享使得这件事变得意义非凡。

  分享会让食物的美味放大无数倍。常常会听到很多人说，他们不愿自己一个人吃饭，但是当今社会，独自吃饭已经成为一件很普遍的事情了。父母一辈的三餐几乎都有彼此的陪伴，除非工作的地方离家很远，只得在食堂就餐。大多数人都会选择回家吃饭，哪怕吃得并没有单位好，他们也会觉得家里的饭要好吃数倍。不仅是因为饭菜中有家的味道，更重要的是餐桌上的分享。吃着面，分享着各自今天的经历。有时明明与昨日并无很大差别，谈论起来却乐此不疲。二人越发觉得这已然成为用餐时必备的一个环节，少了它，便总觉得日子缺了些滋味。

  长辈教导我们要学会分享，我们从小便耳濡目染，也明白了此举会让我们更容易交到朋友。学生时期，我们几乎都收到过来自同学和老师分享的东西。倘若某位同学的妈妈包子做得特别好吃，于是第二天的教室里便会充斥着包子的香气。那些还未吃早饭的同学,那些与他关系好的同学,都会得到他的分享。热乎乎的包子夹杂着绵延不断的夸赞。正是因为他的分享之举,在得到大家对于他妈妈的认可的同时,也收获了新的朋友。倘若某位同学的奶奶家中种了桃子,那么每年盛夏的开始,空气中便都是水蜜桃的清香。咬上一口,浓郁的香甜覆盖着味蕾,与篮球场上的欢呼声重叠,碰撞出独属于他们的夏天。他的分享在他们的青春留下了不一样的意义。往后的岁月里,这些置身于桃子味中的少男少女,在夏季到来之时,一定会回想起当年青葱的校园时光。无论在哪座城市,无论价格多么昂贵,他们买的桃子都不能和那年的夏天相比,也远不及那位素未谋面的奶奶种的甜。

  中秋到来之际,大街小巷的摊位上都能看到各式各样的月饼。有的被整齐地摆放在盘中,有的则拥有精致的包装。它们被各家各户买去,用来送礼或是自己食用。每个地区的月饼都是不一样的,无论是广式月饼还是京式月饼,无论是闽式月饼还是苏式月饼,每个地方的月饼都有独属于自己的味道,每个人的喜爱也都各不相同。有人喜甜,有人喜咸,月饼的口味千差万别。于是同学们会围坐在一起分享着自己从家中带来的月饼,口味虽不同,但正是因为分享,大家便觉得这些月饼是一样的好吃。伴随着秋风,大家互相吃着、笑着。

"老师"这个词本身就存在着分享的含义。是他们带领我们打开书本的大门,走进知识的海洋。于我们而言,他们有时候是老师,有时候是朋友。他们和我们分享的不仅是知识,更是对社会、对世界的认知。在我们年龄尚小、资历尚浅的时候,是他们将未知的东西展现给我们。虽然有些道理我们还不能完全理解,但是他们知道,在未来的某一天,当我们遇到同类问题或是面对艰难选择的时候,我们一定会回想起他们说的话,而这些言语或许会对我们的抉择乃至今后的人生起到至关重要的作用。

新年的糖果、端午节的粽子、冬至的饺子、腊八节的腊八粥……在这些传统节日里,学生们会收到来自老师的分享和关心。无关乎成绩的好坏,老师会卸下他们的身份,与所有的同学面对面坐着,一起度过一个又一个传统节日。年轻的老师会把学生当作朋友,聊些当下热门的话题;年长的老师会把学生当作孩子,关心着他们的日常生活。学生们在面对老师时,除了敬佩和感恩,也多了些亲密、少了些拘束。师生共享着美食,分享着秘密,交谈着平时不会说的言语,在分享中拉近了距离,看到了彼此不同的一面,了解了对方未知的、更多的一面。

分享实质上是爱与热情的流露,它就像是一根线,线的这一头是我们,线的那一头是未知。未知能否变为可知,取决于我们想把这根线交到谁的手里。分享者不只是付出者,更是获得者。

陪伴感

我们每个人,生来都是独立的个体。但在岁月的长河里,一个人往往像狂风暴雨里的一叶孤舟,孤立无援。此刻,哪怕再喜爱独处的人,也难免渴望有人陪伴身侧,共渡难关。于是在茫茫人海中,我们寻得相伴相守之人,携手度过余生。

上学时,我们会和邻近的伙伴结伴而行。天光微亮,以前独自一人上学的恐惧感,现下因身边有人陪伴而不再浮现。我们身旁的小伙伴与我们年龄相近,或许也和我们一样害怕。因为有了彼此的陪伴,都变得勇敢起来，不再捏紧书包的背带，不再紧张到不敢向前。我们因此开始喜欢有人陪伴，也开始期待着无论自己去往哪条路，遇到怎样的事情，身边都能有这样一个人，给予我们勇气。

深夜里电闪雷鸣，又逢家中突然停电，手足无措的你躲在被窝里瑟瑟发抖。于是你给最好的朋友致电，她睡眼蒙眬地接听了你的电话。熟悉的声音响起，她轻声细语地安慰着你，和你说着一些毫无意义的话。或许这些话并无逻辑性可言，但你能立刻明白对方的意思。此时雷声渐小，雨水敲打着窗棂，你睡意渐浓。电话一直没有挂断，你已不再害怕，于是在不知不觉中沉沉睡去。如果没有她，今夜的你一定会惊慌失措，不知如何是好。声音是有温度的，她的话语帮助你从恐惧的情绪中逃离。这种陪伴，是心与心的陪伴，化作无形的拥抱，守护着我们，也温暖着我们。

站在讲台上面对众人发言，会让你紧张不已。草稿纸已被手心的汗水浸湿，内容明明已经背熟，但现下总是磕磕绊绊，甚至已经全然遗忘了部分内容。在漆黑的操场上，你拿着演讲稿大声背诵，但对面只有一个观众。他陪伴着你，一遍遍、一句句纠正着你的错误，不厌其烦地鼓励着你。夜晚，寒风吹打着脸庞，吐字间伴随着白色的雾气。此时，他明明可以在温暖的屋内休憩，可是他选择了和你在一起，无畏寒冷。当你嫌弃自己笨拙时，当你想要放弃时，他会笃定地告诉你，你是优秀的，你是可以的。他会鼓励你不要放弃，他会一直陪伴着你。那个夜晚真诚的话语和陪伴将影响我们一生。

离开学校，迈入社会，应聘工作是我们每个人都要经历的人生阶段。当我们拿着准备好的简历，信心十足地迈向一个个公司时，换来的却是一次次的拒绝，打击着对未来充满向往的我们。身边的人纷纷找到了工作，而我们却停在了原地，焦虑感充斥着我们的内心。如果说以前的我们是盛放的向日葵，那么现在则已然枯萎。我们经常贬低自己的能力，也对未来一片茫然。此时,有一个人朝你伸出了手,为你介绍工作,陪你到处奔波应聘,帮你建立信心,耐心鼓励着你。雨过天晴只是时间早晚的问题。他就像雨后的一抹阳光,驱散了你生活里的阴霾,让你拥有了崭新的生活,重新燃起对生活的激情。

常听人说到,不喜喧闹,热爱独处;也常听人说,看到空荡的家时,想要有个人陪伴的欲望便会极其强烈。如果有人可以陪伴身旁,谁又想独自用餐;谁又愿意看着周围成双结对的人探讨着电影;谁又情愿一个人挂号,独自躺在病床上,连喝水都变成一件奢侈的、艰难的事情。

陪伴的意义是什么呢?是每天与父母一起生活时油然而生的幸福感;是小伙伴在上学路上的陪伴;是孤独无助时可以寻得的依赖和帮助;是人生失意时的酒入愁肠;是在堕落时能够拥有重新开始的勇气;是在面对人生大事时的一盏明灯,时刻照亮着、陪伴着我们前行的路。

随着岁月的更迭，陪伴在我们身边的人会发生变换。有些陪伴会一直存在于我们漫长的生命中，有些陪伴仅仅是山水一程。陪伴你的人也许是工作的同事，也许是你的邻居。有的陪伴无关情感的托付，也没有什么承诺，只是恰好因为你们彼此需要，想法一致，于是结伴同行。你们并不深入对方的生活，在做完一件事或走完一段路时，这份陪伴就会默契地、自然地结束。你们没有遗憾，没有惋惜，也没有不舍。因为在经历下一件事、下一段路时，你们还会遇到新的人，填补空缺的位置。

当我们陪伴他人时，要记得有人一直在感恩着你的陪伴。当我们有一天被他人陪伴时，不要忘记，在这世间我们并不是孤零零的一个人，有人在我们身边，陪着我们尝遍酸甜苦辣，走遍万水千山。

分寸感

当今社会,人与人相处,除了最基本的尊重,分寸感也尤为重要。不是所有的话都可以说,所有的问题都可以问。做人做事要掌握好分寸,不可随心所欲。分寸感,是一种点到为止的默契。

人人都有倾诉欲,遇到开心的事情想与人分享,遇到难过的事情想找人倾诉。当你升职加薪的时候,你会跟朋友分享你的喜悦,讲述你坐上这个位子的不易。也许在那时,你的朋友刚刚离职,并未找到新工作,生活十分不顺利,无法感同身受你的喜悦。不是所有人都会为你的成功欣喜,有的人或许当下并不想看到你美满的生活。所以,不要只顾倾诉喜悦,也要考虑旁人的感受。一旦分享没有了分寸,在旁人眼里就会变成炫耀。

大部分人都经历过失恋,当过诉说者,也做过倾听者。当我们跟旁人发泄自己的负面情绪时,没有人一定能够真正懂得你的痛苦,没有人一定有责任要听你倾吐苦水,更没有人一定要承载你的坏情绪。即便是关系亲近的人,不断传递坏情绪,也会使对方疲惫、心累、无奈,甚至会慢慢消耗掉你们之间的情谊。因此,倾诉要有分寸感,不可口无遮拦,要学会适可而止。

好奇心人人都有,你自己不想秘密被暴露,将心比心,你也少打听别人的隐私。在一段亲密关系中,双方就该完全坦诚吗?当然不是。倘若有人一周没来上班,同事们对她请假的原因四处打听,众说纷纭。等到她上班后,有些人为了求证,甚至当面向她询问。可她并没有正面回答问题,也没有对那些流言蜚语做出解释。她只是默默做着自己的工作，无视他人的好奇。她的做法正是在告诉我们，该识趣一些，少八卦他人。

当关系亲密的朋友宣布恋爱时，你会好奇那个人的长相和基本情况。从朋友口中没有得到想知道的，于是你开始四处打听，到处散播她恋爱的消息。她选择不说，一定有她自己的想法。你为了满足自己的好奇心，冒犯了她，也伤害了她。在别人没有开口时，最好不要主动提问，既为难对方，又让自己难堪。即便是亲密无间的好友，也不要四处打听对方的秘密，没有人喜欢和毫无分寸感的人长久来往。

当恋人因为家中老人身体抱恙而四处借钱时，他并不愿你知道，并不想你承担不属于你的责任。你无意中得知此事，于是找他沟通，但他选择闭口不谈。于是你胡乱揣测，纠缠着他的好友非要得知真相。你认为两个人恋爱就该对彼此毫无保留，你自以为是地侵犯着他的隐私，自以为帮助了他。很多时候，并非所有人都愿意得到他人的帮助。因此，即便是在恋爱中，也不能缺少该有的分寸感。过度的窥视，只会让感情徒增烦恼。

任何关系都是由喜欢开始的，正是因为喜欢这个人，我们才愿意与之交友或是恋爱。我们的思想、行为和欲望都是独立的。人和人之间存在着一条无形的线，没有经过允许，便不能越界。我们不该假借关系的名义，不断侵犯他人的隐私，触及别人的底线。分寸感不仅是在约束他人，更是在约束自己。

我们时而会从关系不错的人口中听到些难听的话。当你认为这样的话不属于玩笑话，并表示介意的时候，你会要求对方道歉。对方则认为既然彼此关系亲密，那么开开玩笑也无伤大雅。对方时常口无遮拦，并觉得你不该为此生气，如果较真儿，那就是你不对。你的私人物品，对方会随意触碰，甚至不经你同意便擅自使用，还觉得理所应当。像这样以自我为中心、没有分寸感、不尊重你的人,我们应该果断远离,不与这样的人来往,更不要成为这样的人。

父母、朋友、夫妻……任何亲密关系都是有距离的,只是距离大小、分寸多少各不相同。我们的一言一行不能只凭自己内心所想,而不顾他人的感受。交浅言深、口无遮拦都是与人交往时的忌讳,没有人愿为你的无知或是所谓的率真买单。己所不欲,勿施于人。你不爱听的话,别人或许也不爱听;你不愿做的事,别人或许也不愿意去做。所以,我们不要试图去做会让他人不适的事情,保持适当的距离感、分寸感才能良好地维护一段关系,久处不厌。

减少期待

儿时,我们期待得到某件玩具。我们会向父母开口索求。大多数情况下,我们只需三言两语,不费吹灰之力便会得到。一定也有一些孩子,即便他们苦苦哀求也不能得到。父母总会用各种方式把孩子哄得晕头转向,也会转身忘掉孩子想要的东西。

成长并非一夜之间便能实现的事情,是一件件小事的叠加让我们得以成长,得以成为更好的自己。

期待感不仅是关于他人的,也有一部分是关于自己的。我们对自己有所期待,期待能否实现并不重要,重要的是这些期待让我们趋近优秀、变得优秀。

平常的每一天里，我们无意中所起的念头，实则就是一种无形的期待。这些期待对于你是美好的，于他人而言并不一定。强加于他人身上的期待，是一种束缚。如果我们在故事的开始就定下结局，一旦偏离我们的预期，我们便无法面对。诚然，这种期待是不健康的，也是不公平的。降低对对方的期待值，不过多要求对方，会让你更多地发现对方身上的闪光点，也会增进彼此之间的感情。

期待越少，我们的快乐阈值也就越低，自然而然，获得快乐的机会也就越高。我们对期待付出行动的同时也需要对这些行动负责。对自己是这样，对他人也是如此，不能凭一时兴起而冲动为之。

没有人一定要实现我们所期待的事情，我们也不必为了别人的期待委曲求全。因此，我们不妨适度减少对他人和自己的期待，没有期待就不会失望，抛开过多的期望，生活或许会变得格外不同。有言之："生活永远不会服从于你的期待，所以假如生活不按常理出牌，那我们最好的应对方式，或许就是不按自己的期待出牌。"正是如此。

尊重不同

上学的时候,我们身边总会有与众不同的人。留着长发的男生,每日对镜自赏,他不会跟男孩子一起踢足球、打篮球,也不会和他们一起打闹。比起和男生交往,他或许更喜欢和女生打交道。可是,谁又能够定义男生应该是什么样子的。在篮球场上挥洒汗水,在舞蹈室翩然起舞,在钢琴房安静弹琴,在画室努力学画……任何一种都可以是男生的模样。没有人能够定义他们该是什么样,该做什么事情。能给出定义的只有他们自己。我们虽然生活在同一片天空下,却有着不同的家庭、不同的境遇。既然生活中充满着不同,那我们每个人自然也拥有不同的想法,也有权利做出不同的选择。我们可以不理解,但要学会尊重。

面对社会热点新闻,每个人都会有不一样的想法。经历不同,角度不同,想法自然也各不相同。当有人在人群中发表自己的意见和看法时,倘若得到绝大部分人的赞同和拥护,那么那一小部分持反对或者不同意见的人便理所当然地被当作"异类"。

康德曾说:"我尊敬任何一个独立的灵魂,虽然有些我并不认可,但我可以尽可能地去理解。"没有人规定我们一定要成为怎样的人,它由我们自己决定。每个人的喜好各不相同,我们无须因为他人改变自己本身的喜好,更不用因为他人的喜好与你不同,就因此歧视、孤立他。学会尊重他人才是正确之举。

子曰:"君子和而不同"。与大众不同之人,不应因此受到伤害,我们应该给予他们足够的尊重。

第四章 世界纷忙,活得漂亮

世间的第一眼

第一眼看到的人世间是怎样的,不知道你是否还记得。在这个世界上,每个人对人世间的第一次记忆都是不同的,就像这世界上并不存在完全相同的两片树叶。

有些人确信自己出生后第一眼见到的是医生,甚至可以详细地说出见到的医生是男或女、高或矮、胖或瘦。这种认知偏差不只存在于个别人中,实则大多数人都会这么理所应当地以为。其实,我们对这个世间的第一认知都来自我们身边最亲近的人。那时的我们尚未有记忆,是父母将他们的记忆传输给了我们,比如我们出生后第一眼见到的人是谁,外表如何。

有的人在世间初次看到的眼泪,是来自父亲的。父亲站在病床前紧握着母亲的双手,悄悄擦拭着自己幸福且带有心疼的泪水。父亲的眼泪是无声的,也是带着笑意的,它欢迎着新生命的到来,也为拥有新身份而喜悦,同时也是为生命得到传承而欣慰。妈妈的眼泪是有声的,满是对孩子的心疼,是对孩子平安降生的庆幸,更是成为人母的激动。

有的人对于这个世间的初次认知是充满香气的。婴儿服上洗衣液的香味、奶瓶的奶香味、婴儿床淡淡的木香味,妈妈身上的香水味、爸爸头发上洗发水的柑橘味、奶奶身上的特殊花香……总是有很多好闻的香味围绕在四周。当闻到厨房里飘来的饭香时,我们感受着家庭的温馨氛围。

空气清新剂的柠檬香味充斥着卫生间,好似地板里藏了许多颗小柠檬。每家的空气清新剂的味道都不一样,很多人在小的时候闻惯了这种香气,会以为所有人家里都是这样的气味。也始终以为这种香气是洗手间自带的,是属于这个家的香气。其实这种第一认知是亲人给予的,是他们赋予了这个香气特别的含义,是他们让我们喜欢习惯了它。

有的人对世间第一眼的认知是充满未知的。雨后夏天的泥土味从脚尖蔓延至床沿,院里的茉莉花香伴随着风轻抚过脸庞,喜鹊叽叽喳喳地在树枝上说着悄悄话,水里的青蛙扑腾到荷叶上,田野里飘来麦香。无论身在何处都能发现大自然给予的新奇,小蝌蚪在田间玩耍,羊低头吃着青草,鸡鸭寻觅着小虫子进食。每天见到的、了解的、听到的皆不同。这些认知不仅源于大自然,也来自父母,是他们带我们走进了这样的生活。

有的人对这世间第一眼的认知是由音符组成的。

钢琴、大提琴、吉他、古筝、三弦、琵琶、马头琴、二胡……乐声常常在耳边响起。我们在妈妈的怀里听着，爸爸扶着我们的小手，触摸着这些乐器，一按一响，悦耳的声音就这样从我们指间跳了出来，神奇且有趣。在认识文字前，我们已经熟知了那些乐器以及各色乐声。即使并不完全理解，我们也充满了兴趣。生活在这样的家庭中，有着父母有意无意的引导，渐渐地，我们也会成为拥有艺术细胞的那类人。这种第一眼的认知，是父母铸造出来的音乐城堡，源于父母提供的生活环境。

有的人对于这世间的第一眼认知是充满书香气的。从《论语》到《孟子》，早间读《庄子》、午间读《楚辞》、晚间读《诗经》。书本翻页声是我们最熟悉的，时而也会伴随着这样的声音沉沉睡去。看不懂《牡丹亭》，读不通《本草纲目》，背不全《陶渊明集》。这并不影响我们整日沉浸在文学的海洋中，即使我们无法理解,也从不觉得无趣。还未入校园,却早已听过四书五经,从不知到了解,再到充满求知欲,这是亲人一步步牵着我们的手,带着我们迈向知识的阶梯,我们对文字的喜爱来源于日常的耳濡目染。

我们对于世间的第一眼认知是不同的,我曾经以为如我所想的那般,我的第一眼就是我所以为的第一认知,其实这些都来自第三方的给予。如果没有他们打开那扇门,我们不会记得第一眼见到的人是谁,自小最喜欢闻的柠檬香味不是本就存在的,也不会知道大自然的美好不是每个人都能看到的。我们更不会理解原来好听的歌曲都是由音符组成的,厉害的不是乐器本身,而是创造了它们的人类;更不会知道古代文学和现代文学的区别。

我们第一眼所见的世间,其实是父母的爱,是他们将最美好的人、事、物展现在了我们面前。无论我们第一眼看到的是什么,它们都被爱所围绕。"我看你的第一眼,就像看见世界的第一天。泥土比白雪还干净,新长出的草不知道自己会枯萎。那时我还没有学会说话,在你面前只能哑口无言。"感谢仓央嘉措,让我们能够更好地感受第一眼所见的世间。

童年的旋律

夏日有蝉鸣,有冰镇的橘子汽水,有浸在凉水中等待降温的西瓜。我们倚在桌椅旁,无忧无虑地听着大人聊着听不懂的家长里短。明明听不懂,我们却舍不得离去,仿佛听着这些就能快些长大。那些每天低头不见抬头见的邻居,也不知道他们为何总有说不完的话。明明两位邻居刚才还在吵架,没过多久又一同笑着在树下乘凉,分享着手中的瓜子,眉飞色舞地议论着某人。

电视上播放着动画片,屋内飘着饭菜香,夕阳西下,阵风吹过,掀动窗帘。家家户户亮起了灯,一家人吃着饭,看着新闻,聊着今天发生的事情。那些我们不爱吃的菜,父母会说自己爱吃,然后一并夹走;而那些我们喜爱吃的菜,父母则一口不动,说自己不喜欢吃,全部留给我们。也许我们曾感慨过,为何自己不喜欢的,他们恰恰全都喜欢;也许我们也曾疑问过,父母究竟喜欢吃什么。不知你是否得到了答案,我相信在未来的某一天,你一定会感受到,这就是为人父母对孩子真挚的爱。

纵使我们的父母普通、平凡,他们也足够伟大。我们时常随口说起一句话,随意提出一个要求,或是任性想做一件事情。我们或许想要一本漫画书、一件新衣服、一双昂贵的运动鞋,或是想要学习某项技能。我们知道父母的能力,也知道家里的条件,即便提出来,也并未抱有多大幻想。我们时常心血来潮,不到一天的时间,大概就已把这些抛诸脑后了。

就在我们毫无防备的时候,父母就像魔术师一样,拆开一个个的盒子,里面摆放着我们喜欢的、想要的一切，皆是我们曾经随口说出的愿望。他们想把能给的都给我们。他们没有承诺，没有张扬，那捧在手心里的礼物正是他们的真心，如同冬日的暖阳，温暖了我们的心房。

人间烟火，粗茶淡饭。雨季，池塘里总是能听到蛙鸣，曲径通幽的街道上，行人渐渐远去。雨声淅淅沥沥，我们将手伸出窗外，雨滴滑过掌心，我们用鼻尖凑近它，嗅着它的味道，雨水中好似有泥土的芳香。后来这种气味一直伴随着我们成长，这特殊的气味代表着想念，成了一种特定的存在。我们明明读过那么多书，走过那么多路，却无法用任何一个词来形容这种气味。我们寻找过、等待过、期盼过，却再也没能与那时的气味相遇。

接过父母买的书包，穿上崭新的校服，我们拥有了新的身份。我们时常听旁人提起那令小朋友向往的两个字：学生。坐在父亲的自行车后座上，闻着他们的衬衫散发出来的洗衣粉的香气,微风轻抚着脸庞,目光望向斑驳的墙壁,我们开启了全新的生活,走进了知识的海洋。

站在小学的校门前,我们听着父亲的叮嘱,望着一张张陌生的面孔从身边走过。有人哭,有人笑。有人打着哈欠,有人一边吃着早餐一边漫不经心地翻着书,有人三五成群地嬉戏打闹着。

校门口的一隅盛放着牵牛花,校园内教室井然有序,红砖灰瓦。带着些许紧张和兴奋,我们走入教室。讲台上的老师绾着长发,身着西服,面带笑容地介绍了自己。同学们也做了自我介绍。这些人成了我们生命中将最初熟识的人。

书声琅琅,笔尖划过白纸,从这一刻起,我们开始读书写字,开始一笔一画地书写自己的人生。我们学习正确的书写与端坐的姿势,一个比一个认真,好似在进行一场无声的竞赛。就好像谁做得标准,谁才是一名真正的小学生。

裙摆飘扬,白色衬衫散发着肥皂的香气。青苔绿荫,停在窗边的蜻蜓,好奇地偷学着骆宾王的《咏鹅》。还未进入校园时,我们总会想起电视剧里那些摇头晃脑的孩童在私塾里跟着老师背诵的模样,等到我们亲身经历的时候才发现,原来真正的读书并不是那样。

上课和下课的铃声,成了我们熟悉的旋律。得到的第一朵小红花、获得的第一句夸赞、认识的第一个朋友、收到的第一份礼物、分享的第一个秘密、给同学取的第一个外号、第一次做广播体操、第一次放学回家遇到的风景……这些都会给我们留下最深刻的记忆,在不经意间被我们想起。

我们会忘记上星期吃过的晚餐,但是会清楚地记得第一个老师的长相、第一个朋友的姓名、获得的第一张奖状,还有第一次得一百分时骄傲的心情。这些记忆碎片已然烙印在了我们的心头,无法磨灭。我们不需要刻意记住,因为它们已经在我们的心中生根发芽，开出了漫山遍野绚烂的花。

晚饭后悠闲看少儿节目的时光一去不复返，取而代之的是等待完成的各项作业。往日里没有规律的生活作息，变成了早睡早起。曾经不受管束的日子已然消逝，现在的我们站要有站姿、坐要有坐姿。以前我们并不理解父母为何早起，直到现在天蒙蒙亮的时候就要走出家门，才猛然理解这有多么艰难。不是父母不想睡懒觉，而是生活不允许。不是他们自律，而是因为肩上承担着家的责任。

一万个人口中有一万个关于童年的故事，这些故事彼此不同，但又有相同之处——它们皆承载着美好的回忆。

童年的旋律永远动听、永远悦耳，儿时的回忆历历在目、鲜活明亮。简简单单的几个音符，背后藏着童年的天真烂漫。它是我们漫漫人生路上永存的一道星河，给我们留下无限的浪漫。

命运无须比较

命运的齿轮在脐带剪下的那一刻便开始了转动。我们每个人都拥有不同的命运,所要面临的现实自然也是天壤之别。

每个人的人生起点都是不一样的,有的人生来便拥有奢华的一切,无须为金钱发愁。他们任性、矫情,甚至因为一点小事就要乱发脾气。即使是这样,也没有人会真的去责备他们,反而会有一堆人围绕在他们身边。自小生存的环境里,任何人、任何事都是以他们为中心的,全世界都是围着他们转的。没有人会责怪他们的这种任性妄为,他们要做的就是在父母为他们打造的梦想乐园里,快乐无忧、平安顺遂地度过每一天。

也有人,虽然他们也出生在条件优渥的家庭里,却并不任性妄为,他们骨子里有乐观、积极、温柔、勇敢、热心的品质。对他们来说,无论发生什么,无论岁月如何更迭,这些品质不变。也许对于别人,优渥的家庭条件或许意味着完全可以不用奋斗的人生,于他们而言,并不是因家庭条件而放弃奋斗的理由。

优秀的人想成为更优秀的人,更优秀的人想攀上最高的山峰。

许多人都会经历失败,并非会因为他的出身而避免。盲目的比较,会让我们对他人的生活心生羡慕,却不懂珍惜自己拥有的幸福。就像罗素说的那样:"不在自己的所有中寻求快乐,却在别人的所有中寻求痛苦。"

人各有命,是老一辈常常挂在嘴边的话语。他们的"命"是很多人想要的、羡慕的、想成为的。这样的"命"在很多人眼里可望而不可即,如天上星辰般耀眼，但也是无数人求之不得的。可身在其中的他们，也有很多难言之隐。许多事不可为，许多事不可抗。这样的"命"好像在众人眼中是完美无缺的，倘若他们为此表示不满，定会有人跳出来指责他们不知好歹。世界上哪有十全十美的事情，他们所要经历的、承担的、失去的，并不比我们少。

谈起"运"，如果每个人都拥有一个数值去衡量命运，不论数值当下是大是小，我们都会为此付出、为此努力。数值不同，命运看似也不同。当我们转换角度，站在不一样的立场上时，细细想来，我们要前往的目的地都一样。命运的车轮行驶在岁月的星河中，有人顷刻间就到达了目的地，有人需要花费很长的时间。无论在哪里上车、在哪里下车，我们看到的这一路的风景，总归会有相似的。命运也是这样，我们无须与旁人比较，看似各不相同的命运终归会有相似之处。

活在当下

吃饭的时候就应该好好吃饭,工作的时候就该好好工作,休息的时候就好好休息。专注于此刻,只关心当下正在发生的事情。而不是考虑未来的不可预测性,将来的事情由将来负责。过好现在,活在当下。

相亲是当今非常热门的话题,有些人是主动为之,有的人则是被动为之。朋友的好心介绍,不好意思拒绝,抽出时间去赴约。在还没有见到对方的前一夜,失眠、焦虑、退缩,担心和陌生人见面会尴尬,担心自己精心挑选的衣服会不漂亮,担心对方会对自己不满意或者太过于满意。在脑海里不断演练该说些什么，该如何拒绝，怎样才能比较得体。害怕尴尬，担心冷场，在网上搜索会发生的不好事件，代入到自己身上。因为没有发生的事情而影响当下该做的事情，也许相亲对象会取消这场见面，也许那个人很会调节气氛，也许那个人和你的心态一样，出于尊重朋友的好意才与你见面。也许你的担心不会发生，有可能会特别顺利。也许你担心的也会发生，有可能比你所想的更加糟糕。

担心未发生的事情，除了带来负面的情绪外，还会影响当下。休息不好，状态欠佳，心情烦躁，好的事情会变坏，坏的事情会变得更坏。做好眼前的事情，在该睡觉的时间，只睡觉。此刻的你享受此刻即可，未来的事情在未来解决。

每个人都有自己的梦想，每个人的梦想都不同，需要付出的努力，没有谁比谁更多或更少。有人终其一生，只为梦想而活。想当老师的人拼命努力，参加一次又一次的考试，为了达成目标，把所有的付出变成了煎熬。还没失败，就已经开始想着不会成功了。想当医生的人，报考了相关专业，日复一日地学习，为达到目标，不惜丢掉生活，将其变成负担。还没成为医生，却已经开始担忧本不该担忧的事情。想当模特的人，为了追求上镜效果，自虐式减肥，以伤害身体为代价，不顾一切。想自己做生意创业的人，拿出所有的积蓄，甚至背上债务，让自己陷入困境中。还未开始创业，已经计划赔本的事情了。

完成梦想的路上一定不会是一帆风顺的，定然是痛苦居多。无数人为了完成自己的梦想，活得不像自己。北京大学勺园荷花池北侧的草地上，矗立着西班牙伟大的人文主义作家塞万提斯像，他在《堂吉诃德》中写道："我们要去梦想那不可能之梦想。"这句话就像他的雕像一样，既散发着骑士般的无畏气质，又闪耀着理想主义者的智慧之光。我们生下来，是来体验人生的,而不是来完成任务的。结果固然重要,可过程比结果更加重要。要过好当下,享受一步步走向理想时所经历的一切,无论好坏,那才是组成我们人生拼图至关重要的一部分。不要为了完成而去完成梦想,要体验其带来的所有美好。

单身的时候想恋爱,当恋爱的时候又时常不快乐。其实很多负面情绪都是自己胡思乱想而来的,恋爱初期享受爱情的时候,因为一些极小的矛盾,开始考虑对方是不是不适合自己,对方是不是真的爱自己,那个人和自己是不是有未来,他是不是也曾有过关乎两个人的计划。你们一起吃饭的时候,想着会不会这是最后一顿饭。你们一起看电影的时候,会想你们的结局会不会和电影的坏结局一样。你们一起度过美好的节日时,收到礼物的时候会想自己是这份礼物的第几个拥有者。本来美好的事情,因为自己不该有的想象而变得无比灰暗。会发生的不会因为你的担心而不发生,不会发生的也不会因为你的遐想而发生。相爱时就好好相爱,享受恋爱的过程,沉浸于当下的每一分每一秒。

  人生在世,活多少年,走多少路,都是不同的。明天和意外哪个先来,没有人能准确告知我们。与其去思考那缥缈的未来,担忧不一定会发生的事情,不如珍惜每一分每一秒。有时候平淡一点、简单一点、普通一点,反而能够获得更多的快乐,比如买到一件打折的商品,领到一张优惠券,足够我们开心半天。关于我们一生的故事,精彩或者寡淡、普通或者特别,不是靠结果定义的,过程的风景更重要。我们有的只是当下。关注点放在当下的人、事、物,只有做好眼前的事情,才能更好地迎接接下来会发生的事情。喜怒哀乐,当下的情绪只在当下解决,不留在过往,不带去未来。过去已远去,未来太缥缈。我们不能掌控过去和未来,却可以创造最绚丽的此刻。不要为了未来的事情,而略过此刻需要经历的事情。

不该在花绽放的时候而不观赏,落败时备感惋惜。不该在十八岁的时候而为二十八岁的光景活着,青春就该肆无忌惮。"世界在旋转,我们跌跌撞撞前进,这就够了。"活在当下,为此刻而活。珍惜身边人,做好当下事。

活出自我

四季更迭，一路向前。我们遇到的人、事、物，终将会成为人生的烙印。有的人教会我们勇敢，有的人教会我们成长，有的人教会我们珍惜，有的人教会我们责任，有的人教会我们如何去爱，有的人教会我们生命的意义。

春绿、夏红、秋黄、冬雪，在岁月的长河中，我们改变着别人，别人也影响着我们。这种互相交叠的影响，形成了生命的时间线。这条线上，发生着不同的故事。

也许你现在正在为考研起早贪黑地学习；也许你

正在准备辞职,打算开始新的生活;也许你收拾好了行囊,准备奔赴远方;也许你朝九晚五,会偶尔抱怨工作上的烦恼,却依旧积极向上;也许你是个普通的外卖员,穿梭在大街小巷;也许你陷入了迷茫,不知该去向何方;也许你洒脱不羁,四处旅游,用相机记录人生……

无论你是谁,无论你成了怎样的人,都不会是极致的完美。索性活得自我一些,吃想吃的饭,见想见的人,去想去的地方。这个世界我们只来一次,何不遵循心之所向?

在纷繁的世界中,在日落月升中、狂风暴雨中、庸常生活中,感受自己的呼吸和心跳。花开花谢自有时,千花有千样,万人有万语,我们在尊重所有声音的同时,还要遵循自己的内心。远道而来这人间,遇晚风,听蝉鸣,登上山,肆意呼吸,任意生长,遵循自我,一路向前。

社会生存的法则拥有条条框框，我们无须格格都入。有趣的人自会相遇，相同的灵魂自会共鸣。不妨阅己、越己、悦己。不一定要成为玫瑰，我们也可以是生生不息的野草、默默无闻的栽花种树者。

人生，总是在不断地做加减法。所谓的加法，正是我们所不断获得的、不断添加的那些丰富的阅历和内涵、知识和教养。我们还需要善用减法，即减去没有意义的社交、负能量的圈子。成为最想成为的人，做最好的自己。

我们要敢于面对不足，承认不完美，才会变得完美。读万卷书，行万里路，永远不要自我放弃。成绩不好就去学习，状态不好就去调整，皮肤不好就去护肤，身材不好就去锻炼。面对外界的评价，我们需要客观应对，而非活成别人眼中的自己。

低调做人，高调做事，不必锋芒毕露，事事求存在感。娱乐八卦、虚假新闻、大众传言，少关注、少窥视、少比较、少代入。这些皆是网络浮沉，不会给我们带来实际的价值。我们该学会屏蔽，回归安静，保持专注。

我们要活在自己的热爱里，而不是活在别人的眼光里。自强自立，自由自在。花在开，风在吹，生活在继续，慢品人间烟火色。去发光，成为一颗星星。成为那一束以"我"为中心的光，照耀这个四野八方。

请慢慢来

吃饭不妨细嚼慢咽,慢慢品尝其中的美味,不仅有食物本身的味道,也有制作者的心意。与人相遇时,不妨多一些了解,多走一些路,再慢慢相爱,确认关系。做一件事不妨慢慢来,多享受路途中的风景,沉浸于其中的美好,而不是急于想要看到结果。饭要慢慢吃,人要慢慢处,事情要慢慢做,一切美好都在微风中慢慢生根发芽。

木心先生在《从前慢》中写道:"从前的日色变得慢,车、马、邮件都慢,一生只够爱一个人;从前的锁也好看,钥匙精美有样子,你锁了,人家就懂了。"

在这个快节奏的时代里,慢慢来似乎成了一种难能可贵的事情。我们每天都会遇到很多人,也会认识很多人。有些人我们只是与之擦肩而过,而另一部分人我们会与他们产生羁绊。每个人在世间都是独立的个体,我们渴望灵魂的碰撞,期待遇到能够相守一生的人。而爱情总是会拥有较为容易的开始,想要相伴到老绝非易事。有的人仅在见到一个人第一面时,就动了想要尝试的念头。这样的人或许只是渴望享受恋爱时的感觉,而不是因为爱。所以,遇到喜欢的人时请慢慢来,从认识开始,从喜好开始。多花一些时间聊聊天,多听听对方的故事,多一些基本的了解。抽些时间一起吃吃饭、看看风景、散散步。去见一见对方的朋友,走进对方的生活,走进对方的世界。看对方喜欢的电影,尝对方喜欢的美食,走对方走过的路。慢慢相处,慢慢接触,慢慢确认彼此的心意。

真正的爱并非一时兴起,连对方的喜好和经历都一无所知,也不是仅靠外貌便大肆宣扬着爱意,有几人愿意接受这样的爱呢？真正的爱是要真实、真诚地相处。我们每个人都希望对方爱的是我们的本身，而不是锦衣华服、拥有精致妆容的我们。只有慢慢交往，才能给自己、给对方多一些时间去了解真实的彼此，确认真正的心意。

茫茫人海，任何一个人都有可能成为最特别的那个人，任何一个人也都有可能是最普通的那个人。人与人之间速成的关系，很有可能会在某一时刻戛然而止。这就如同盖房子，倘若根基未打好，小风小浪便足以将其击垮。爱情不该草率，也不该随意开始，而是要慢慢靠近、慢慢了解、慢慢喜欢。四季更迭，一起去经历更多，一起慢慢走向岁月的尽头。

看到身边人结婚，就顿感压力倍增，害怕落后别人一步。并没有人规定人一定要在哪个年纪结婚。每个人选择步入婚姻，一定是因为自己遇到了正确的人。而当那个对的人还没有来临时，我们静候即可，也许会在某个平常的清晨我们便会与之相遇。无须心急，不妨交由时间决定，命中注定之人总会到来。

家长会为孩子报许多个特长班，只要别人家的孩子正在学的，他们就会给自己的孩子一概安排上。他们害怕孩子输在起跑线上，结果是，孩子失去了休息时间，连喘气的机会都没有。童年是人一生中很重要的一个阶段，家长不该剥夺孩子本该有的乐趣。什么事情都不是一蹴而就的，不妨给孩子一点空间，慢慢来，勿用力过度。每个孩子的成长节奏都是不同的，无须以他人的节奏为标杆。家长也不必为此心急，不要急于求成。按部就班，慢慢成长，渐渐优秀。

想成为一名舞者，就要从基本功开始，不能只看到别人翩翩起舞的耀眼时刻，而忽视他人台下汗流浃背努力的时光。想成为一名作家，就要从阅读开始，学习相关的专业知识，不能只看到别人因某一书成名的时刻，而忽略对方曾付出过的辛苦。想成为一名摄影师，就要先了解相机，从拍摄第一张照片开始，不能只看到他人获奖的时刻，而忽视他人长期的摄影技巧的积累。太着急想要某样东西，太期望得到某种结果，只会让我们深陷痛苦的情绪中。没有人生来就是成功的。大家都需要慢慢学习，慢慢进步，慢慢完成目标。做好该做的事情，打好该打的基础，慢慢去往想去的地方。越是急于求成，越无法得到想要的东西。

一岁有一岁的风景，一人有一人的路途，按照自己的节奏去生活。等一场日出，看一次日落，放慢脚步，在这其中享受生活，发现生活不一样的绚烂。慢慢来，既是对自己负责，也是对他人负责，更是对未来负责。慢慢来，一切都会好的；慢慢来，想要的都会到来。请慢慢来，不要忙于赶路，而忽视了人生中绚丽多彩的每一分钟。

时间,让一切释然

所有的苦难,所有当下觉得过不去的事情,不要急于寻找答案。当下无法解决的问题,不妨交给时间。面对解不开的误会时,时间会告诉你答案。面对朋友突然的离开,时间会带你走出深渊。面对亲人的离世,时间会带你走出痛苦,让你释怀。

进入陌生的环境,不难遇到以貌取人的人。他人对我们的第一印象,我们没必要在意,我们越是在意,越是会受其折磨。长相是天生的,不用为此骄傲,更不必为此自卑。每个人都是独一无二的,是世界上最美好的存在。我们无法轻易改变他人对我们的看法,时间会告诉对方你是一个怎样的人。了解一个人和被别人了解,都是需要时间的。

人困在某种情境中是无法接受坏结果的,走不出来,也不愿面对。别人的宽慰在此刻变得毫无道理,他们不愿聆听,也无法理解。那一刻,他们觉得失去了那个人,就像失去了世间的一切颜色,灰暗遍布四处。时间会让你慢慢淡忘那个人的容貌。不要在痛苦中逼自己做决定,也不要在难过时逼自己释怀。我们都会遗憾,都会舍不得,也都会放不下。缘起缘灭,时间终将教会你,人与人相伴一程已是上上签。

在死亡面前,一切事情都显得格外渺小。没有人能够快速从亲人离世的悲伤情绪中抽离出来。由爷爷奶奶养大的孩子,有更早可能面对这样的事情。爷爷奶奶在白发苍苍时,教会我们走路和写字。为我们做好一日三餐,竭尽所能给予我们最好的一切。在受到委屈时,他们会无条件地为我们撑腰,也会想尽办法让我们拥有别人家的孩子所拥有的一切。爷爷的爱就像是一座大山，让我们时时刻刻都能够依靠；奶奶的爱如同寒冬里的火堆，给予我们无限的温暖。我们的人生里，第一次直面死亡或许就是他们的离世。在离开前，他们会为我们编织好美丽的童话：他们会变成天上的星星守护我们，在黑夜里照亮我们前行的路。

死亡是沉重的话题，是人们最不愿面对的事情。时间会让我们明白，死亡也是生命的一部分。死亡并不是生命的终止，而是指离世的人走出了时间，他们化作世间一切美好的事物，山河湖泊也好，微风细雨也罢，永远与我们相伴。我们不会在时间里忘记他们，只会在时间里将他们记得更深。他们所给予我们的一切，都会随着时间的流逝而变得更加深刻。死亡并不是结束，遗忘才是。时间带走了他们，终将也会带走我们，我们会在时间里再次相遇。

放不下的事情、无法化解的情绪、难以忘怀的人，不如都交给时间。花开花谢、缘起缘落，所有浮沉，终有一天都会变成云淡风清。罗曼·罗兰说过："世界上只有一种英雄主义：看清这个世界，然后爱它。"给自己点时间，让时间抚平伤痕、填补沟壑，一切终会过去的。风来雨落，情来情散，时间会给予一切最好的答案。

未来，拥有无限可能

任何人的人生轨迹都不会是一帆风顺的，我们的一生将会有无数个起伏。上天给予了我们一杆笔，生命的故事需要我们自己撰写，过程由我们自己决定，故事的结局则由我们付出的努力决定。

我们是世间独一无二的存在。每个人出生的起点是不同的，因此，我们无须效仿别人。做自己，才能在人生的道路上大放光彩，成为耀眼且无法替代的那颗星星。每个人都有着各种各样的欲望，无论是自我实现的需求还是社交的需求，无论是生理的需求还是安全的需求，我们都要承认自己的欲望，正视自己的欲望。欲望是生命力,是促使我们努力的动力。当我们想要做某件事情或者达成某种需求的时候,都是需要付出行动的。

唯有欲望才会使我们变得充盈。我们可以不为任何人活着,但我们会为了欲望而活着。我们要敢于面对自己的欲望,这并不可耻,欲望是每个人都会具备和产生的。重要的是我们应学会与欲望相处。

爱自己才是终身浪漫的开始,爱自己不是为自己买喜欢的东西、去吃喜欢的食物这么简单。爱自己是要爱自己的全部。首先要爱自己的身体,一日三餐健康饮食,每天早睡早起,养成良好的作息。定期体检关注身体健康,每日进行适当的运动,为好身体打下基础。同时也要爱自己的事业,不管你的职业是什么,老师或者医生、作家或者歌手、厨师或者农民。做一行便要爱一行,干任何一行都要认真对待,要有明确的目标和上进心。不要存有混日子的想法,那是对自己的不负责。接纳别人前,要先接纳自己。了解自己的缺陷以及不足，接纳自己的缺点和不完美。我们无须为此过度自卑，更不要抓住自己的某个不足耿耿于怀，懂得平衡优缺点。没有人是完美的。适度满足自己想要的和喜欢的东西，适时地奖励自己。不要舍不得对自己好，学会取悦自己，学会爱自己，才会被别人爱。

人生短暂，我们要去追求自己真正想要的。当你想要成为一名演员，想要遇到好的剧本时，就不应在其他闲杂的事情上浪费时间。我们无须去征询任何人的意见，而是应该制定目标，开始行动，一步一个脚印朝着向往的方向努力。当你想要辞掉工作、当个全职作家的时候，就不该一味陷入担忧未来的情绪中，而是要去付诸实践。与其沉溺在得不到的不安中，不如立即行动，唯有行动才能解除这样的烦恼。我们要拥有明晰的头脑去分辨什么才是我们真正想要的东西，那些因为羡慕他人而想要的东西，我们便无须为此执着。每日每夜想要达成的某个目标才属于真正想要的东西。无论年纪多大、能力多少,想要就去行动,唯有行动才有希望。不执着于结果,只在乎过程,好好欣赏沿途的风景。

人生有无数种可能,要永远相信自己。我们每个人都是一个浩瀚无际、深不可测的宇宙。我们每个人都有着无数的可能,我们可以是月亮,可以是太阳,还可以是云朵。无论是什么,我们都会闪闪发光。我们的未来有无数种可能,因此,一步一个脚印地去创造属于自己的璀璨人生,让它时刻熠熠生辉。

北大的先贤之一梁漱溟先生,在生命的最后阶段给我们留下一个世纪之问:"这个世界会好吗?"会的!让我们从现在开始,书写人生的无数可能,用思想、声音和行动去做出改变。

后记

三月的风吻过博雅塔,唤醒满园芬芳;四月的雨抚过未名湖,撩起波心微澜。趁着斜阳西下,我又一次走近湖畔。湖边的风温润体贴、款款袭来,又浸透着柔柔的花香,让我的内心无比平静而又丰盈。

看着脚下这条走过无数次的小路,我不禁思绪万千。早晨的日出、傍晚的夕阳、午后的慵懒、暗夜的惆怅。来来往往的人们,卿卿我我的小鸟,还有不时从水里探头张望的鱼儿,盛开在道旁的鲜花儿,细嫩的柳芽儿不经意触碰我的脸颊,一切是那样恬静、安然,又是那样充满灵性,总让我有一种泪流满面的冲动。

仅仅是徜徉湖边,看一看春色旖旎,品一品波心荡漾，便足以消弭一切喧嚣，抚平所有的创伤，给人以启迪和力量。这就是未名湖，闪闪的波光折射出北大的精神，温玉的湖水沁润着北大的文蕴。

我一直想写一写未名湖。只是不敢，也不能写。虽然我几乎每天都从她身边经过，但我觉得自己从未真正认识、领悟她的风采。我只能悄悄地靠近、静静地依恋、远远地欣赏。我把所有的心事都告诉她。她倾听了所有，也接纳了所有，有时候也会托小鸟给我捎个话。让我在孤独的时候感到温暖，在迷乱的时候看到方向，在无望的时候获得力量。就这样不远不近，就这样不紧不慢，她一直陪伴我度过了在北大这些年的悠悠岁月。

今天我又偷偷掩饰着自己，假装不紧不慢地走过她身边。我想告诉她，为了这一天我等待了好久，这是属于我和她的时刻。所有的那些心事，所有的那些烦恼、苦闷、彷徨、挣扎、期待，还有她托小鸟带给我的那些话，我都记下了。书中虽然没有提到她的名字,但是每一句话都有她的影子。这些年来,一直是她给予我温暖、力量和希望。这本书就像我和她之间的对话,也更像一个小女孩慢慢长大的心灵日记,书中没有她的故事,但字里行间没有一处离得开她。

编辑老师希望我给这本书取个名字,而在我心里,这本书的名字早已定好。"未名即有名,最美是微澜",一如我和她之间的情缘那般从容、淡雅。我希望你也能喜欢——《未名微澜》。

2023年4月于未名湖畔